光文社文庫

文庫書下ろし／長編時代小説

忍び狂乱

日暮左近事件帖

藤井邦夫

光文社

本書は、光文社文庫のために書下ろされました。

目次

第一章　秩父忍び……………… 9
第二章　風魔忍び……………… 82
第三章　二荒忍び……………… 158
第四章　徒花《あだばな》無惨……………… 231

江戸川橋
大塚
板橋宿へ
巣鴨
赤城明神
石切橋
松平越前守屋敷
神楽坂
江戸川
切支丹坂
御薬園
中山道
日光御成街道
小日向馬場
傳通院
小石川
神明宮
小石川御門
水戸徳川家
白山
駒込
春日町
水道橋
千駄木御林
駒込追分
神田川
本郷
加賀前田家
根津権現
道灌山
霊雲寺
日暮里
神田大明神
池之端仲町
門前町
湯島天神
不忍池
弁天
妻恋坂
東叡山寛永寺
根岸
谷中本村
外神田
下谷広小路
下谷金杉町
御徒町
下谷山崎町
向柳原
三味線堀
広徳寺
下谷竜泉寺町
幡随院
甚内橋
千住大橋
阿部川町
新吉原
新堀川
御蔵前片町
日本堤
東本願寺
御蔵前
御米蔵
首尾の松
御蔵前通り
日光道中
小塚原
浅草寺
山谷町
浅草広小路
御厩河岸之渡し
駒形町
新鳥越橋
山谷堀
雷門
浅草駒形堂
花川戸町
聖天町
竹町之渡し
吾妻橋
今戸橋
今戸町
白鬚之渡し
源森橋
竹屋之渡し
中之郷
瓦町
向島墨堤
北割下水
源森川
三囲稲荷
長命寺
木母寺
隅田村
小梅村
法恩寺橋
業平橋
寺島村

伝馬町
平川町
四谷御門
市谷
赤坂
麴町
赤坂御門
市谷御門
御納戸町
若宮八幡宮
氷川明神
溜池
牛込御門
番町
千鳥ヶ淵
半蔵御門
田安御門
西之御丸
清水御門
虎之御門
外桜田御門
雉子橋御門
新シ橋
和田倉御門
江戸城
一橋御門
猿楽町
幸橋
南町奉行所
土橋
数寄屋橋
御門
北町奉行所
神田橋御門
汐留橋
呉服橋御門
常盤橋御門
駿河台
明神下
銀座町
竜閑橋
昌平橋
三十間堀川
数寄屋町
鍛冶町
木挽町
京橋
一石橋
今川橋
花房町
西本願寺
室町
白魚橋
日本橋
魚河岸
内神田
和泉橋
組屋敷
楓川
中之橋
大伝馬町
小伝馬町
佐久間河岸
神田相生町
南八丁堀
八丁堀
組屋敷
八丁堀
江戸橋
亀井町
公事宿巴屋
柳原土手
鎧ノ渡し
中之橋
日本橋川
小網町
馬喰町
両国広小路
公事宿巴屋の寮
稲荷橋
亀島川
一ノ橋
緑橋
汐見橋
千鳥橋
鉄砲洲
高橋
新川
南新堀町
箱崎町
行徳河岸
浜町堀
米沢町
浅草橋
佃島
霊巌島
二ノ橋
永久橋
箱崎川
薬研堀
両国橋
柳橋
石川島
永代橋
新大橋
隅田川
熊井町
佐賀町
今川町
上之橋
一ツ目之橋
回向院
大島町
万年橋
六間堀
御竹蔵
油堀
海辺大工町
本所
越中島
亥ノ口橋
富岡橋
海辺橋
二ツ目之橋
仙台堀
林町
蓬莱橋
富岡八幡宮
小名木川
五間堀
南割下水
亀久橋
霊巌寺
深川
竪川
西
北
南
東
吉岡橋
三ツ目之橋
木場
新高橋
大横川
0
500m

主な登場人物

日暮左近　元は秩父忍びで、瀕死の重傷を負っているところを巴屋の主・彦兵衛に救われた。いまは公事宿巴屋の出入物吟味人。

彦兵衛　馬喰町にある公事宿巴屋の主。瀕死の重傷を負っていた左近を巴屋の出入物吟味人として雇い、公事宿巴屋に持ち込まれるさまざまな公事の調べに当たってもらっている。

おりん　公事宿巴屋の主・彦兵衛の姪。浅草の油問屋に嫁にいったが夫が亡くなったので、叔父である彦兵衛の元に転がり込み、巴屋の奥を仕切るようになった。

房吉　巴屋の下代。彦兵衛の右腕。

お春　公事宿巴屋の婆や。巴屋の周りを暇人たちに見張らせている。

陽炎　秩父の女忍び。元は許婚ながら兄を殺した日暮左近を仇として再三にわたり襲っていたが、誤解が解ける。いまは秩父忍びの再興に尽力している。

螢　秩父忍び。陽炎の配下の少女。秩父忍びの薬師久蔵の孫娘。

小平太　二十歳の秩父忍び。

猿若　十八歳の小柄な秩父忍び。

烏坊　色黒で坊主頭の十八歳の秩父忍び。

水野忠邦　老中。浜松藩六万石藩主。

戸田忠温　西丸老中。宇都宮藩七万七千石藩主。

風魔小太郎　風魔忍びの頭。

忍び狂乱

日暮左近事件帖

第一章　秩父忍び

一

　夜の江戸湊《みなと》には潮騒《しおさい》が響き、幾つかの小さな明かりが煌《きら》めいていた。

　鉄砲洲《てっぽうず》波除稲荷《なみよけいなり》は、亀島川《かめじまがわ》と合流する八丁堀《はっちょうぼり》に架かっている稲荷橋の袂《たもと》、江戸湊の出入口にあった。

　八丁堀沿いの通りに人影が現れた。

　人影は提灯《ちょうちん》を持たず、暗い夜道を恐れる様子もなく馴れた足取りでやって来る。

　潮騒の響く夜空には、月が淡く輝いていた。

　八丁堀沿いの通りを来た人影は、稲荷橋を渡り始めて立ち止まった。

人影は髪を無雑作に束ね、単衣《ひとえ》に袴姿の日暮《ひぐらし》左近《さこん》だった。

左近は、行く手の夜空に浮かぶ鉄砲洲波除稲荷の本殿の黒い大屋根を眺めた。

鳥……。

黒い大屋根には、一羽の大きな鳥が留まっていた。

大きな鳥……。

左近は眉をひそめた。

大きな鳥は胴震いし、羽を大きく広げて夜空に飛んだ。

刹那《せつな》、鋭い殺気が左近を襲った。

左近は、真上に跳んだ。

八方手裏剣が続け態《ざま》に飛来し、左近のいた稲荷橋の床板に音を立てて突き刺さった。

忍《しの》びの者……。

左近は、夜空で八方手裏剣の出処《でどころ》を探した。

鉄砲洲波除稲荷の石垣の上の赤い垣根……。

左近は見定めた。そして、着地した稲荷橋の欄干《らんかん》を直《す》ぐに蹴り、鉄砲洲波除稲荷の石垣の上の赤い垣根に跳んだ。

赤い垣根の陰から忍びの者が現れ、迫る左近に千鳥鉄《ちどりがね》を振り放った。

千鳥鉄は三尺程の鉄の棒であり、先端の穴から分銅《ふんどう》の付いた鎖が飛び出す武器だ。

分銅は、鎖を鳴らして左近に襲い掛かった。

左近は、無明刀《むみょうとう》を抜き打ちに一閃《いっせん》した。

火花が飛び散り、分銅は鈍い音を立てて弾き飛ばされた。

忍びの者は怯《ひる》んだ。

左近は、無明刀を閃かせた。

長さ二尺三寸、幅広肉厚、刃文《はもん》が力強く波打っている無明刀は、閃光となって忍びの者の脇腹を斬り裂いた。

忍びの者はよろめき、咄嗟《とっさ》に千鳥鉄を地面に突いて倒れるのを防いだ。

「何処《どこ》の忍びが、何故《なにゆえ》の所業《しょぎょう》だ……」

左近は、忍びの者の顔に無明刀の鋒《きっさき》を突き付けた。鋒から血が滴《したた》り落ちた。

忍びの者は、斬られた脇腹を押さえて仰《の》け反《ぞ》った。血が押さえる手の指の間から溢《あふ》れた。

「吐け……」

左近は迫った。

次の瞬間、忍びの者は顔を醜く歪《ゆが》めた。

左近は、咄嗟に跳び退《の》いた。

忍びの者は、口から赤い霧を噴いた。そして、醜く歪んだ顔を苦しく引き攣《つ》らせて絶命し、八丁堀に崩れるように落ちた。

水飛沫《しぶき》があがり、月光に煌めいた。

忍びの者は、奥歯に仕込んでいた赤い毒を霧のように噴いて左近を道連れにしようとした。

左近は、素早く跳び退いて躱《かわ》したのだ。

何処の忍びが何故に……。

秩父《ちちぶ》忍びとしての拘《かかわ》りか、それとも公事宿《くじやど》『巴屋《ともえや》』の出入物吟味人《でいりものぎんみにん》を狙ったのか……。

何れ《いず》にしろ、忍びの者は左近が鉄砲洲波除稲荷の裏にある公事宿『巴屋』の寮で暮らしているのを知っているのだ。

左近は、得体の知れぬ新たな敵が現れたのを知った。

そして、鉄砲洲波除稲荷本殿の屋根に留まっていた大きな鳥は何なのか……。

左近は、忍びの者の死体が流れ去った江戸湊を見詰めた。

江戸湊は月明かりに煌めき、潮騒を静かに響かせていた。


公事宿『巴屋』の寮は、鉄砲洲波除稲荷の陰に隠れるかのように建っていた。

左近は、寮の様子を窺《うかが》った。

寮には、殺気や異様な気配は感じられなかった。


左近は、寮の勝手口の隠し錠を開けて台所に入り、中の様子を窺った。

台所、居間、寝間、次の間、厠《かわや》、風呂場……。

左近は、寮の中を慎重に検《あらた》めた。

人の気配は勿論《もちろん》、殺気は何処《どこ》にもない……。

左近は見定め、居間に入って行燈《あんどん》に明かりを灯した。

行燈の明かりは、火鉢ぐらいしかない殺風景な居間を浮かびあがらせた。

何者かが忍び込んだ形跡はない……。

得体の知れぬ忍びの者は、公事宿『巴屋』の寮を調べず、帰って来る左近を待ち伏せしていたのだ。

狙いは俺の命……。

左近は、己の命を狙う新たな敵の出現を知った。

日本橋馬喰町《にほんばしばくろちょう》の公事宿『巴屋』には、地方から出て来た公事訴訟人が泊まっていた。

主《あるじ》の彦兵衛《ひこべえ》と下代《げだい》の房吉《ふさきち》は、公事訴訟の訴状の作成と町奉行所に出頭する付き添いなどに忙しかった。そして、出戻りのおりんと婆やのお春《はる》は、泊まっている公事訴訟人の食事などの世話をしていた。

左近は、公事宿『巴屋』を訪れた。

「おや、確か今、出入物吟味人の仕事は此《これ》といってなかった筈《はず》ですね」

彦兵衛は、左近に怪訝《けげん》な眼を向けた。

「うむ。ないが、ちょいと訊《き》きたい事があってな」

「訊きたい事ですか……」

「うむ。今、彦兵衛どのや房吉が扱っている公事に剣呑《けんのん》なものはないかな……」

「剣呑なもの……」

彦兵衛は戸惑った。

「うむ……」


「左近さん、何があったのですか……」

彦兵衛は眉をひそめた。


左近は、彦兵衛と房吉に稲荷橋で得体の知れぬ忍びの者に襲われた事を告げた。

彦兵衛と房吉は驚いた。

「得体の知れぬ忍びの者の狙いは秩父忍びの日暮左近か、それとも……」

「公事宿巴屋の出入物吟味人の日暮左近を狙ってか……」

彦兵衛は読んだ。

「左様《さよう》……」

左近は頷《うなず》いた。

「あっしは今、剣呑な公事訴訟は扱っておりませんぜ……」

房吉は眉をひそめた。

「私も抱えちゃあいませんよ」

彦兵衛は告げた。

「ならば、秩父忍びの日暮左近か……」

得体の知れぬ忍びの者は、秩父忍びの日暮左近の命を狙ったのだ。

左近は見定めた。そして、それは秩父忍びの陽炎《かげろう》たちの身に異変が起こっているという事なのかもしれない。

左近は、不吉な予感を覚えた。


雑司ケ谷鬼子母神《ぞうしがやきしもじん》の子育て公孫樹《いちょう》は、梢《こずえ》を風に鳴らしていた。

左近は、鬼子母神の裏手の雑木林に廻った。

雑木林の中には、古く小さな百姓家《ひやくしようや》がひっそりと建っていた。

古く小さな百姓家は、かつては秩父忍びの薬師《くすし》の久蔵《きゆうぞう》が毒薬や眠り薬などを調合したり、焙烙玉《ほうろくだま》や煙玉などを作っていた秩父忍びの江戸での忍び宿だった。

そして、今は秩父忍びの僅かな残党の陽炎たちが忍び宿として使っている筈だ。

此処《ここ》で何かが分かるかもしれない……。

左近は、古く小さな百姓家を訪れた。

古く小さな百姓家は、板戸を閉めて静けさに覆《おお》われていた。

左近は、古く小さな百姓家を窺った。

微《かす》かに血の臭いがした。

血……。

古く小さな百姓家には、怪我をした者がいるのかもしれない。

左近は読んだ。そして、古く小さな百姓家に忍び寄り、板壁の僅かな隙間《すきま》を覗《のぞ》いた。

薄暗い百姓家は土間と板の間があり、血の臭いが漂っていた。そして、板の間の隅には身を縮めて横たわる者がいた。

深手《ふかで》を負っている……。

左近は睨《にら》み、板戸を開けようとした。

板戸には、心張棒《しんばりぼう》がかってあった。

左近は、無明刀の小柄《こづか》を抜いて板戸の隙間に差し込んで心張棒を外した。そして、板戸を僅かに開けて忍び込み、後ろ手に閉めた。

板の間の隅に横たわる者は、身を縮めて肩で息をしていた。

左近は忍び寄った。

刹那、身を縮めていた者が跳ね起き、苦無《くない》を振るって左近に襲い掛かった。

左近は、苦無を握る手を素早く摑《つか》み、襲い掛かった者を見た。

襲い掛かった者は、色黒で坊主頭の若い男だった。

秩父忍びの烏坊《からすぼう》……。

左近は見定めた。

「烏坊か……」

「さ、左近さま……」

烏坊は、血の気が引いて窶《やつ》れた顔に喜びを浮かべた。

「背に深手を負っているようだな……」

左近は、烏坊の忍び装束の背が血に濡れているのに気付いた。

「はい。手裏剣を受けて……」

烏坊は、苦しげに顔を歪めた。

「俯《うつぶ》せになれ……」

左近は命じた。

「はい……」

烏坊は、俯せに横たわった。

左近は、明かり取りの小窓を開けた。

陽差しが差し込み、古く小さな百姓家の土間と板の間を照らした。

左近は、板の間の隅の床板を外して縁の下を覗いた。

縁の下には木箱があった。

左近は木箱を取り出し、蓋を開けた。

木箱の中には、様々な塗り薬、煎じ薬、焼酎、晒《さらし》、針や糸などが入っていた。

それは、薬師の久蔵が秘かに遺していった物だった。

左近は、烏坊の血に濡れた忍び装束の背を破き、傷口に焼酎を吹き掛けて洗った。

烏坊は、激痛に呻《うめ》いた。

傷口は小さいが二つ並んであり、一つは深かった。

左近は、確かに手裏剣による傷だと睨んだ。

「忍びの手裏剣か……」

「はい。八方手裏剣は漸《ようや》く抜いたのですが……」

烏坊は、苦しげに声を嗄《か》らした。

「八方手裏剣……」

「はい……」

「八方手裏剣か……」

昨夜、稲荷橋で襲い掛かって来た得体の知れぬ忍びの者が放った手裏剣と同じだ。

左近は知った。

烏坊の背中の傷は深かったが、毒を射込まれたり、化膿している様子はなかった。ただ、背中という場所が自分での手当てを阻《はば》み、傷を深くしていた。

左近は、傷を洗って傷薬を塗り込み、油紙を当てて晒を巻いた。

「さあ、毒消しと熱冷ましを飲んでおけ……」

「はい……」

左近は、烏坊に薬師の久蔵が遺した毒消しと熱冷ましの丸薬を飲ませた。

烏坊は、毒消しと熱冷ましの丸薬を飲んだ。

「忝《かたじけの》うございました……」

烏坊は、左近に深々と頭を下げた。

「して烏坊、陽炎たち秩父忍びが何をしているのか聞かせて貰おう……」

左近は尋ねた。

「はい。今、陽炎さまを始めとした我ら秩父忍びは、水野忠邦《みずのただくに》の命を狙っているんです」

「水野忠邦とは老中《ろうじゅう》の水野忠邦か……」

左近は眉をひそめた。

「はい……」

烏坊は頷いた。

水野忠邦は、権勢を振るった老中水野出羽守忠成《でわのかみただあきら》を追い落とし、自らがその後継となって政《まつりごと》を意のままにしていた。そして、水野忠邦は、かつて下野国《しもつけ》宇都宮《うつのみや》藩戸田《とだ》家に将軍家二十三番目の若さまを養子に送り込み、乗っ取りを企《くわだ》てた。その時、陽炎たち秩父忍びは、養子に送り込まれた若さまを護るため、水野忠邦に雇われたのだった。

今、陽炎たち秩父忍びは、かつての雇主、老中水野忠邦を殺そうとしている。

左近は、微かな戸惑いを覚えた。

「誰かに雇われての闇討ちか……」

「それは、陽炎さまの決めた事です」

陽炎は、小平太《こへいた》、猿若《さるわか》、烏坊、螢《ほたる》にとって頭《かしら》であり、育ての親でもあって絶対なのだ。

「それで、陽炎はお前や小平太、猿若、螢を率いて水野忠邦を襲ったのか……」

「螢、此度《こたび》は来ていません」

烏坊は、傷薬や晒を片付け始めた。

「そうか……」

陽炎は螢を秩父に残し、小平太、猿若、烏坊の三人を率いて江戸に来ていた。

「して、襲ったのはいつだ……」

「昨夜です」

「昨夜か……」

昨日の夜、陽炎たち秩父忍びは老中水野忠邦を襲撃した。

「はい……」

「首尾《しゅび》は……」

万が一、老中水野忠邦の身に何かがあれば、既に江戸中の噂になり、公事宿『巴屋』の者たちが知らぬ筈はない。だが、おりんやお春はそれに拘る噂話はしていなかった。

事は不首尾に終わったのだ。

左近は読んだ。

「それが、水野忠邦を秘かに護る忍びの者がいて……」

烏坊は、悔しげに俯いた。

「忍びの者……」

「はい……」

「何処の忍びだ……」

「分かりません」

「分からぬか。して、闘いになったのだな」

「はい……」

「そして、烏坊、お前は背中に八方手裏剣を受け、闘いから離脱した……」

「はい。それで陽炎さまに云《い》われていた此処に逃げ込みました」

「して、陽炎たちは……」

「分かりません……」

烏坊は、心配げに声を震わせた。

「そうか……」

陽炎たちは討ち果たされたのか、それとも逃げたのか……。

見定めなければならない……。

左近は、陽炎、小平太、猿若の安否《あんぴ》を見定める事にした。

「して烏坊、陽炎とお前たちは、水野忠邦を何処で襲ったのだ」

「牛込《うしごめ》の宝泉寺《ほうせんじ》という寺です」

「牛込宝泉寺……」

「はい。牛込宝泉寺は水野家の菩提寺《ぼだいじ》で、忠邦は法事に来たのです」

「そこを襲ったか……」

「はい……」

烏坊は頷いた。

水野家菩提寺の牛込宝泉寺と雑司ケ谷鬼子母神は遠くない。烏坊は、闘いから離脱して雑司ケ谷鬼子母神に逃げ込んだ。

「それ以来、陽炎と小平太や猿若とは繋《つな》ぎが取れないのか……」

「はい。左近さま、陽炎さまと小平太や猿若は、俺が此処にいるのを知っています。それなのに何の繋ぎもありません。どうして……」

烏坊は、不安に色黒の顔を歪めた。

「分かった。烏坊、お前は此処にいろ。陽炎と小平太や猿若は私が捜す」

左近は告げた。

鬼子母神裏の雑木林には斜光が明るく差し込み、小鳥の囀《さえず》りが賑やかに響き渡っていた。

変わった事はない……。

左近は見定め、烏坊を残して古く小さな百姓家を出た。

烏坊は、微かな不安を滲《にじ》ませて左近を見送った。


雑司ケ谷鬼子母神を出た左近は、神霊山護国寺《しんれいざんごこくじ》から音羽町《おとわまち》を抜けて宗参寺《そうさんじ》に進み、若狭《わかさ》国小浜《おばま》藩江戸上屋敷傍の矢来下《やらいした》に向かった。

昨夜、陽炎たち秩父忍びは老中水野忠邦の闇討ちに失敗した。そして、左近は鉄砲洲波除稲荷傍の稲荷橋で得体の知れぬ忍びの者に襲われた。

左近が襲われたのは、陽炎たちの老中水野忠邦闇討ちの失敗に拘りがあるのだ。

烏坊の背に射込まれた手裏剣は、左近を襲った忍びの者の八方手裏剣と同じ物だ。

何処の忍びの者だ……。

左近は、事態を読みながら矢来下に進んだ。

矢来下を東に進み、牛込通寺町《とおりてらまち》の手前を南西に曲がると何軒かの寺が並んでいる。その中に牛込宝泉寺はあった。

牛込宝泉寺は法事でも行なわれているのか、本堂から数人の僧侶の読経《どきょう》が朗々と響いていた。

左近は、牛込宝泉寺の山門から境内に進んだ。

読経の響く広い境内は掃除が行き届き、昨夜の陽炎たち秩父忍びによる老中水野忠邦闇討ちや、得体の知れぬ忍びの者との殺し合いの痕跡は綺麗に片付けられている。

烏坊は、此処で背に八方手裏剣を射込まれて殺し合いから離脱した。

陽炎、小平太、猿若たち秩父忍びは、老中水野忠邦の命を狙って得体の知れぬ忍びの者共と殺し合いを続けた。

そして、陽炎たちはどうなったのだ。

皆殺しにされたか……。

捕えられたか……。

逃《のが》れたか……。

左近は、それを見定める手立てを思案した。

老中水野忠邦は、遠江国《とおとうみのくに》浜松藩《はままつはん》六万石の藩主であり、西御丸下《にしおまるした》にある江戸上屋敷に居住している。

浜松藩江戸上屋敷の様子を窺えば、陽炎たちの消息の欠片《かけら》が摑めるかもしれない。しかし、江戸城西御丸下は内濠《うちぼり》に架かっている馬場先《ばばさき》御門を渡った処《ところ》であり、警戒も厳重だ。

だが、行くしかない……。

左近は、不敵な笑みを浮かべて江戸城西御丸下に向かった。

陽は西に大きく傾き、夕暮れ時が近付いていた。

二

内濠の水面に映《は》えていた月影は、小さな波紋の広がりに揺れて散った。

江戸城御曲輪《くるわ》内の大名屋敷は、御殿の大屋根を月明かりに蒼白《あおじろ》く輝かせていた。

日暮左近は、忍び装束に身を固めて溜池《ためいけ》から外桜田《そとさくらだ》の大名屋敷街を抜け、内濠に架かっている桜田御門を渡って西御丸下に進んだ。

西御丸下に並ぶ大名屋敷は、夜の静寂に沈んでいる。

左近は、夜の西御丸下を音もなく進み、或《あ》る大名屋敷の前に忍んだ。

老中水野忠邦の暮らす遠江国浜松藩江戸上屋敷だった。

左近は、浜松藩江戸上屋敷を厳しい眼差しで窺った。

浜松藩江戸上屋敷は表門を閉め、左右に続く長屋塀の武者窓は暗かった。

左近は、長屋塀の暗い武者窓の奥に人の気配を覚えた。

見張りだ……。

左近は、表門や長屋塀の奥の夜空が仄《ほの》明るく、白く薄い煙が漂っているのに気付いた。

おそらく、見張番や見廻り番士たちの龕燈《がんどう》や提灯の明かりと煙だ。

警戒は厳しい……。

それは、藩主水野忠邦が陽炎たちに闇討ちを仕掛けられたからに他ならない。

闇討ちを仕掛けた陽炎たちの再攻撃を恐れての事か、それとも新手の者共の襲撃に備えてなのか……。

もし、陽炎たちの再攻撃を恐れての事ならば、少なくとも皆殺しにはならなかったのだ。

左近は読み、浜松藩江戸上屋敷の表門の屋根に跳んだ。

左近は、表門の屋根に忍んで江戸上屋敷内を窺った。

上屋敷の表御殿前には、見張りの番士たちが高張提灯《たかばりちょうちん》を並べて警戒していた。

見張りの番士は表御殿前だけではなく、上屋敷の各所に置かれ、見廻りの番士が巡廻している筈だ。

左近は、広い屋敷内を見廻した。

表御殿の周囲には、作事小屋、厩《うまや》、土蔵、重臣たちの住む武家屋敷などがあり、家来と中間《ちゆうげん》・小者《こもの》たちの暮らす長屋塀が取り囲んでいる。そして、藩主とその家族の暮らす奥御殿は内塀に囲まれ、広い奥庭に続いている。

もし、陽炎たちが捕えられ、閉じ込められているとしたら土蔵だ。

それとも、江戸中屋敷か下屋敷……。

浜松藩の江戸中屋敷は芝三田《しばみた》、下屋敷は高輪《たかなわ》にある。

先《ま》ずは上屋敷の土蔵だ……。

左近は立ち上がり、不意に戸惑いを覚えた。

結界《けっかい》がない……。

左近は、得体の知れぬ忍びの者たちの結界が張られていないことに気付いた。

水野忠邦を護る忍びの者たちが、結界を張らない筈はない。

左近は辺りを窺った。

得体の知れない忍びの者たちの結界は、やはり張られていなかった。

何故だ……。

左近は戸惑った。

忍びの者たちの結界が張られていない理由は只《ただ》一つだ。

護るべき者がいないからだ……。

左近は気付いた。

老中水野忠邦は、浜松藩江戸上屋敷にはいないのだ。

見定める……。

左近は、表門の屋根から長屋塀の屋根に走り、作事小屋の屋根に跳んだ。そして、表御殿の屋根に上がって奥御殿に走った。

左近は大屋根を走った。

行く手を遮る者は現れない……。

やはり、水野忠邦と護る忍びの者は、江戸上屋敷にはいないのかもしれない。

左近は読んだ。


奥御殿の庭には、見張りの番士も見廻りの番士もいなかった。

左近は奥御殿の庭に飛び下り、連なる座敷を窺った。

連なる座敷には、明かりが灯されていた。そして、明かりの灯された座敷の前に宿直《とのい》の家来が座り、居眠りをしていた。

擬態だ……。

誰もいない座敷に明かりを灯し、宿直の家来を座らせて忠邦がいるかのように装っている。

左近は睨んだ。そして、居眠りをしている宿直の家来の背後に忍び、明かりの灯された座敷の中を窺った。

睨み通り、座敷には誰もいなかった。

左近は苦笑し、居眠りをしている宿直の家来を背後から押さえた。

宿直の家来は目を覚ました。

「動くと殺す……」

左近は、宿直の家来の首に苦無を突き付けて囁《ささや》いた。

宿直の家来は頷き、震えた。

「水野忠邦は何処だ……」

「し、知らぬ……」

宿直の家来は、掠《かす》れた声を引き攣《つ》らせた。

「そうか、ならば……」

左近は、首に当てた苦無に力を込めた。

首に血が浮かんだ。

左近は、面白そうに笑ってみせた。

「な、中屋敷。三田の中屋敷……」

「三田の中屋敷には、忠邦がいるのだな」

「ああ……」

「昨夜、捕えた忍びの者は……」

左近は鎌を掛けた。

「中屋敷の土蔵に一人……」

宿直の家来は、掛けられた鎌に気が付かなかった。

「男か女か……」

左近は畳み掛けた。

「そこ迄は知らぬ……」

宿直の家来は、首を横に振った。

「よし。此《こ》の事は誰にも洩《も》らすな。洩らせばお前は藩から追い出されるか、切腹……」

左近は囁いた。

宿直の家来は頷いた。

「ならば、忘れるのがお前の為だ……」

次の瞬間、左近は宿直の家来の鳩尾《みぞおち》に拳を叩き込んだ。

宿直の家来は、眼を剝《む》いて落ちた。

左近は、気を失った宿直の家来を壁に寄り掛からせた。そして、奥御殿の庭に降りて大屋根に跳んだ。

宿直の家来は気を失い、居眠りをしているかのように壁に寄り掛かり続けた。

老中水野忠邦は、芝三田の浜松藩江戸中屋敷にいる。そして、捕えられた忍びの者が一人、土蔵に閉じ込められているのだ。

捕えられている忍びの者は、陽炎か小平太か猿若か……。

何《いず》れにしろ、一刻も早く助け出さなければならない。

左近は、夜の江戸の町を疾走した。


深夜の芝田町《たまち》には、江戸湊の潮騒が響いていた。

左近は、芝田町二丁目の辻を芝横新町《よこしんちょう》に曲がった。

浜松藩江戸中屋敷は、横新町を進んだ突き当たりにある。

左近は、芝横新町を進んだ。そして、浜松藩江戸中屋敷の門前に出る前、不意に立ち止まった。

血の臭い……。

左近は、微かな血の臭いを嗅ぎ、周囲の暗がりを見廻した。

微かな血の臭いは、小さな稲荷堂の陰から漂っていた。

左近は、稲荷堂の陰を窺った。

稲荷堂の陰には、二人の忍びの者が潜んでいた。

微かな血の臭いは、二人の忍びの者から漂っている。

左近は、微かな安堵を覚えた。

二人の忍びの者は、稲荷堂の陰を出て浜松藩江戸中屋敷に向かおうとした。

「死にに行くのか……」

左近は囁いた。

二人の忍びの者は、左近の声のした暗がりを振り返り、身構えた。

陽炎と猿若だった。

左近は、暗がりを出た。

「左近……」

陽炎は、驚いたように左近を見詰めた。

「左近さま……」

猿若は、嬉しげな笑みを浮かべた。

「囚《とら》われているのは小平太か……」

左近は読んだ。

「そうだ。左近……」

陽炎は、左近が知っているのに戸惑いを覚えた。

「詳しい事は後だ。陽炎、猿若、手傷を負っているな……」

左近は遮った。

「浅手ばかりです」

猿若は強がった。

「陽炎、水野忠邦闇討ちを邪魔したのは何処の忍びだ……」

左近は、浜松藩江戸中屋敷を示した。

「風魔《ふうま》だ……」

陽炎は、悔しげに告げた。

「風魔だと……」

左近は眉をひそめた。

「そうだ。風魔忍びだ……」

〝風魔〟は、戦国の昔、北条《ほうじょう》氏に仕えた関東の忍びの一族であり、頭領は代々風魔小太郎《こたろう》を名乗るとされていた。

老中水野忠邦に雇われ、護っている得体の知れぬ忍びの者は、風魔一族だった。

左近は知った。

陽炎と猿若は、傷を負いながらも風魔一族から小平太を取り返そうとしている。

無理だ……。

絆《きずな》と健気《けなげ》さだけで事が成就《じょうじゅ》すれば、苦労はない。

「陽炎、小平太は俺が助け出す。お前と猿若は舟を用意して此処で待て……」

「舟……」

「うむ。江戸湊から大川《おおかわ》に入り、神田《かんだ》川から江戸川を行け……」

「鬼子母神か……」

陽炎は、雑司ケ谷鬼子母神裏の小さな百姓家を思い浮かべた。

「うむ。烏坊がいる」

「烏坊は無事ですか……」

猿若は、喜びを露《あら》わにした。

「深手を負っているが、命に別状はない」

「そうか、良かった……」

陽炎は、安堵に涙ぐんだ。

哀れな……。

陽炎は、その小さな肩に秩父忍びの名と伝統などのすべてを背負い、懸命に闘っているのだ。

左近は、陽炎を秘かに哀れんだ。

「よし。陽炎、猿若、俺は小平太を助け出す。舟の用意をな……」

左近は、稲荷堂の陰を出て浜松藩江戸中屋敷に向かった。


浜松藩江戸中屋敷は、表門を閉めて静寂に覆われていた。

左近は、夜の闇に建つ浜松藩江戸中屋敷を窺った。

浜松藩江戸中屋敷には、風魔忍びの結界が張られている。

此の中屋敷に水野忠邦がおり、秩父忍びの小平太が囚われているのだ。

今は水野忠邦の始末より、囚われている小平太を助けるのが先だ。

左近は決め、浜松藩江戸中屋敷の隣の旗本屋敷の屋根に跳んだ。


旗本屋敷の屋根からは、浜松藩江戸中屋敷の表門や表御殿、前庭と土蔵などが見えた。

表門と表御殿の屋根には、風魔忍びが忍んでいた。

左近は、表御殿前の前庭から作事小屋や厩、土蔵を見廻した。

風魔忍びの者たちは、各所の植込みや暗がりに忍んで結界を張り、侵入者がいれば湧くが如くに現れる。

風魔忍び……。

左近は、風魔忍びに微かな苛立《いらだ》ちを感じた。だが、今は土蔵に囚われている小平太を助け出すのが先なのだ。

左近は、並ぶ土蔵を窺った。

土蔵は三棟あった。

その一棟に、小平太が囚われているのだ。

左近は、その一棟を見定めようと、旗本屋敷の屋根から浜松藩江戸中屋敷の土塀に跳んだ。そして、土塀の屋根を蹴って浜松藩江戸中屋敷の厩の屋根に跳んだ。

左近は厩の屋根に潜み、三棟の土蔵を鋭く見廻した。

奥の土蔵の横手の暗がりが僅かに揺れた。

忍びの者……。

左近は、僅かに揺れた暗がりに見張りの忍びの者がいると見定めた。

そして、土蔵の屋根に跳び、その周囲を念入りに窺った。

見張りの忍びの者は、奥の土蔵の横手の暗がりにいる者一人だけだ。

左近は見定めた。

よし……。

左近は、奥の土蔵の屋根に忍んだ。

眼下の暗がりには、見張りの忍びの者が潜んでいた。

左近は、暗がりに身を躍らせた。


見張りの忍びの者は、異様な気配を感じて頭上を見上げた。

刹那《せつな》、左近は見張りの忍びの者の頭を鋭く蹴った。

見張りの忍びの者は、悲鳴をあげる間もなく土蔵の壁に跳ばされて崩れ落ちた。

左近は、見張りの忍びの者が気を失っているのを見定め、その腰から鍵を奪った。そして、奪った鍵で土蔵の錠前を解き、重い戸を押し開けた。

土蔵の中には常夜灯が小さく灯され、血の臭いが満ちていた。

左近は、素早く土蔵に忍び込んだ。


忍び込んだ左近は、常夜灯が小さく灯されている土蔵の奥に進んだ。

常夜灯の小さな明かりの前には、太くがっしりとした格子の牢があり、中には血塗《ちまみ》れの小平太が下帯一本で倒れていた。

左近は、格子の戸の閂《かんぬき》を外して牢の中に忍び込んだ。そして、倒れている小平太を抱き起こした。

小平太は、激しい拷問を受けたらしく全身に傷を負い、血に塗れて気を失っていた。

傍には血に濡れた割竹や笞《むち》があり、天井の滑車《かっしゃ》から縄が垂れ下がっていた。

「小平太……」

左近は、小さな竹筒に入れた気付薬を嗅がせた。

小平太は、苦しげに呻いた。

「小平太……」

左近は、呼び掛けながら気付薬を嗅がせた。

小平太は、気を取り戻した。

「小平太、俺だ……」

左近は囁き、小平太に己の顔を見せた。

「さ、さ……」

小平太は、笑みを浮かべようと血塗れの顔を歪めた。

「何も云わずに返事をしろ……」

左近は命じた。

小平太は頷いた。

「歩けるか……」

左近は訊いた。

小平太は、血塗れの脚を見て悔しげに首を横に振った。

「よし。此処を脱け出す」

左近は囁き、小平太を背負って縄で己の身体に縛り付けた。

「気を確かに持ち、何があっても俺にしっかり摑まっていろ。良いな……」

左近は、小平太に云い聞かせた。

「はい……」

小平太は頷いた。

「小平太、死ぬ時は一緒だ……」

左近は笑った。

左近は、小平太を背負って土蔵を出た。

見張りの忍びの者は、気を失ったまま暗がりに倒れていた。

小平太を背負った左近は、鉤縄《かぎなわ》を使って土蔵の屋根にあがった。

夜風が微かに吹いていた。

小平太の血の臭いは、風魔忍びの者たちに直ぐに気付かれる。

急ぐ……。

左近は、小平太を背負って三棟の土蔵の屋根を走り、厩の屋根に跳んだ。そして、厩の屋根を走った。

表御殿の屋根の上に、忍びの者たちが次々に現れた。

風魔忍びが血の臭いに気が付いた……。

左近は、厩の屋根を走って土塀の外に大きく跳んだ。


浜松藩江戸中屋敷の横手の路地に飛び下りた左近は、通りに向かって走った。

風魔忍びの者が土塀の上に現れ、小平太を背負った左近に襲い掛かった。

左近は、無明刀を抜き放った。

無明刀は閃いた。

風魔忍びの者は額《ひたい》を真っ向に斬られ、血を飛ばして仰《の》け反《ぞ》り倒れた。

左近は、行く手を阻む風魔忍びを次々と斬り棄てて走った。

浜松藩江戸中屋敷前に出た左近は、小平太を背負って稲荷堂に走った。

陽炎と猿若が、稲荷堂の陰から現れた。

「左近……」

「陽炎、猿若、手筈通りに……」

左近は、小平太を背負っていた縄を無明刀で切った。

陽炎と猿若は、崩れ落ちる小平太を抱き支えた。

風魔忍びの者たちが、浜松藩江戸中屋敷から次々と現れた。

「行け……」

左近は命じた。

陽炎と猿若は、小平太を助けて暗がりに走り去った。

左近は無明刀を提《さ》げて、迫る風魔忍びの者たちに向き合った。

風魔忍びの者たちは、音も立てずに左近に迫った。

無明斬刃……。

剣は瞬速……。

左近は、冷笑を浮かべて無明刀を握り直した。
無名刀の鋒《きつさき》から血が滴り落ちた。

三

風魔忍びの者たちは迫った。
左近は、無明刀を無雑作に構えた。
迫る風魔忍びの背後の者が夜空に跳び、左近に手裏剣を放った。
左近は、無明刀を閃かせて飛来した手裏剣を弾き飛ばした。
弾き飛ばされた手裏剣は闇に消え、幾つかは地面に突き刺さった。
八方手裏剣だった。
刹那、風魔忍びの者たちが地を蹴り、左近に飛び掛かった。
左近は、無明刀を翳《かざ》して踏み込んだ。
小石が弾け跳んだ。
無明刀が閃き、肉を斬る音がし、血が飛び散った。
左近は、風魔忍びの者たちを容赦なく斬り棄てた。

鳥の鳴き声が響いた。
風魔忍びの者たちは一斉に退き、左近を取り囲んだ。
左近は、血に濡れた無明刀を引き、鳥の鳴き声のした方を窺った。
浜松藩江戸中屋敷の表門の屋根に大きな鳥が留まっていた。
昨夜、鉄砲洲波除稲荷の本殿の大屋根に留まっていた大きな鳥……。
左近は気付いた。
大きな鳥は鳴いた。
乳切木《ちぎりき》を手にした風魔忍びが現れた。
乳切木とは、四尺程の長さの棒の先に分銅付きの三尺程の鎖がついた武器だ。
「秩父忍びか……」
乳切木を持った風魔忍びは、左近を見据えた。
「お前は……」
「風魔の次郎坊《じろうぼう》……」
風魔忍びは次郎坊と名乗り、乳切木の分銅の付いた鎖を廻し始めた。
左近は、無明刀を正面に立てて構えた。
分銅の付いた鎖は、唸りをあげて廻った。

「誰に雇われての所業だ……」

次郎坊は、秩父忍びが誰に雇われて水野忠邦の命を狙うのか問い質《ただ》した。

「知らぬ……」

左近は苦笑した。

「知らぬだと……」

次郎坊は、戸惑いを浮かべた。

「ああ……」

左近は、水野忠邦暗殺を頼んだ者が何者か、陽炎に未《ま》だ聞いてはいない。

ただ、秩父忍びの僅かな生き残りを助けたいだけだ。

「惚《とぼ》けるな……」

次郎坊は怒り、乳切木の分銅を放った。

乳切木の棒と鎖が伸び、分銅が左近を襲った。

左近は、大きく跳び退いて躱《かわ》した。

次郎坊は追って踏み込み、乳切木の鎖を間断なく鋭く放ち続けた。

左近は、跳び退き続けた。

乳切木の分銅は虚しく空を切り、地面を打った。

次郎坊は苛立ち、大きく踏み込んで乳切木の鎖を振り放った。

刹那、左近は地を蹴り、唸りをあげて飛来する分銅の上に跳んだ。

次郎坊は狼狽《うろた》え、分銅を引いて乳切木を頭上に構え直した。

左近は、飛び下りながら無明刀を真っ向から斬り下げた。

次郎坊は、頭上に乳切木を構えたまま凍て付《い》いた。

左近は着地し、残心《ざんしん》の構えを取って次郎坊を見据えた。

頭上の乳切木が両断され、次郎坊は額から血を流して仰向けに倒れた。

風魔忍びの者たちは、狼狽え怯んだ。

表門の屋根に留まっていた大きな鳥は、再び不気味な鳴き声をあげた。

風魔忍びの者たちは怯えを振り払い、猛然と左近に殺到した。

此迄《これまで》……。

左近は、殺到する風魔忍びの者を斬り棄て、地を蹴って夜空高く跳んだ。

風魔忍びの者たちは、慌てて八方手裏剣を放った。だが、左近が夜空から降りて来る事はなく、八方手裏剣は夜空に虚しく飛び交った。

左近は逃げ去った。

雑司ケ谷鬼子母神裏の雑木林は、虫の音《ね》に満ちていた。
古く小さな百姓家は、木々の梢越しに差し込む月明かりに照らされていた。

古く小さな百姓家は、虫の音に覆われていた。
背中の傷の痛みは減り、熱もそれ程に高くはならなかった。
烏坊は、微かな安堵に包まれて身を横たえていた。
陽炎と小平太、猿若は無事なのか……。
そして、老中水野忠邦闇討ちはどうなったのか……。
烏坊は心配した。
不意に虫の音が止んだ。
誰かが来た……。
烏坊は、焙烙玉を握り締めた。
敵ならば道連れにする……。
烏坊は、覚悟を決めて戸口に寄った。
何人かの乱れた足音がし、百姓家の板戸が小さく叩かれた。
「誰だ……」

烏坊は、緊張に声を上擦《うわず》らせた。

「私だ……」

陽炎の声がした。

烏坊は、慌てて心張棒を外して板戸を開けた。

陽炎と猿若が、小平太を抱きかかえて入って来た。

「陽炎さま、猿若……」

烏坊は迎えた。

「烏坊、無事で良かった。火を熾《おこ》して湯を沸かせ……」

陽炎は、血塗れで意識を失いかけている小平太を示した。

「小平太……」

烏坊は驚いた。

「早く……」

陽炎と猿若は、小平太を板の間に寝かせた。

烏坊は、土間の石組の竈《かまど》に火を熾して水を入れた鍋を掛けた。

「烏坊、薬師の久蔵の遺した薬がある筈だが、何処だ」

陽炎は訊いた。

「はい……」

烏坊は、板の間の隅の床板を外し、縁の下から薬や晒などの入った木箱を取り出した。

「陽炎さま……」

「よし。猿若、自分の傷の手当てをして屋根にあがり、見張りをしろ……」

陽炎は命じた。

「はい……」

猿若は頷いた。

虫の音は、古く小さな百姓家を再び覆い始めていた。

鬼子母神裏の雑木林には虫の音が溢れ、殺気や不審な気配はなかった。

左近は背後を窺った。

追って来る風魔忍び者はいない……。

左近は見定め、雑木林の奥に進んだ。

虫の音が止む事はなかった。

猿若は、古く小さな百姓家の屋根に潜んで雑木林を窺っていた。

雑木林を来る人影はない。

猿若は、微かな安堵を滲ませた。

水野忠邦闇討ちでの風魔忍びとの闘い……。

囚われた小平太を助けるための緊張……。

昨夜からの緊張と闘いは、猿若の若い身体を疲れ果てさせていた。そして、微かな安堵は、猿若を眠りに誘った。

猿若は、睡魔に襲われた。

「猿若……」

猿若は名を呼ばれ、慌てて眼を覚ました。

眼の前に左近がいた。

「左近さま……」

猿若は、居眠りをしたのを恥じて項垂《うなだ》れた。

「ご苦労だな。少し休め……」

左近は微笑み、猿若を労《いたわ》った。

石組の竈の火は燃えた。

小平太は、全身の傷の手当てをされて眠り続けていた。

「風魔との闘いで左脚の太股を斬られて囚われ、拷問で肋骨《あばらぼね》を何本か折られ、全身を殴られているが、命は助かるだろう……」

陽炎は、沈痛な面持《おもも》ちで左近に教えた。

「うむ……」

左近は、眠る小平太を見詰めた。

「小平太、気を失う前に自分は拷問されても何も云わなかったと……」

陽炎は告げた。

「そうか……」

「それから左近、我らを水野忠邦闇討ちに雇ったのは……」

陽炎は、事の次第を左近に話そうとした。

「陽炎、仔細《しさい》は明日訊く。今夜は俺が見張る。猿若や烏坊と眠ると良い……」

左近は遮り、命じた。

明日訊く……。

左近は、今夜の内に姿を消さず、明日もいてくれるのだ。

「すまぬ……」

陽炎は、小さな笑みを浮かべて頷いた。

久し振りだ……。

左近は、陽炎の笑みを久し振りに見た。だが、その笑みは、疲れ果てた己を嘲《あざ》笑《わら》うかのような淋しいものだった。

「烏坊、猿若、眠るぞ……」

陽炎は命じた。

「はい……」

烏坊と猿若は頷き、板の間で眠る小平太の傍に横になった。

「左近、お陰で誰も死なせずにすんだ。礼を云う……」

陽炎は囁き、疲れ果てたように横になった。

秩父忍びを一人で支えている……。

左近は、陽炎を哀れんだ。

満天の星は美しく煌めいていた。

左近は、古く小さな百姓家の屋根にあがって見張っていた。

浜松藩江戸中屋敷の表門の屋根には、大きな鳥が留まっていた。それは、鉄砲洲波除稲荷の本殿の大屋根に留まっていたものと同じだった。

風魔忍びの頭領……。

屋根の上に留まっていた大きな鳥は、風魔忍びの頭領なのだ。

だとしたら、代々続く風魔小太郎か……。

左近は睨んだ。

風魔忍びの頭領は、どうして鉄砲洲波除稲荷にいたのだ。

左近は読んだ。

昨夜、牛込宝泉寺で水野忠邦闇討ちに失敗した陽炎は、助けを求めて左近の許《もと》に来たのかもしれない。

風魔忍びの頭領は、配下の忍びを従えて陽炎を追って来た。

追跡に気が付いた陽炎は、左近の暮らす鉄砲洲波除稲荷裏の公事宿『巴屋』の寮に行くのを止め、必死に風魔忍びの追跡を振り切った。

風魔忍びの頭領と配下の忍びは、鉄砲洲波除稲荷の界隈《かいわい》で陽炎を見失い、捜し廻っていたのだ。

そして、公事宿『巴屋』から帰って来た俺と出逢った……。

左近は読んだ。

風魔忍びの頭領は、稲荷橋で配下の忍びを斃《たお》した男が捕えた秩父忍びを助け出した忍び者だと見抜き、既に鉄砲洲波除稲荷界隈に配下の忍びを放っている筈だ。

暫《しばら》く鉄砲洲波除稲荷には行かぬ方が良い……。

左近は苦笑した。

何れにしろ風魔忍びの頭領は、配下の忍びの者に陽炎たちと俺を追跡させているのだ。

それにしても、何処の誰が老中水野忠邦の命を狙って陽炎たち秩父忍びを雇っているのだ。

そして何故、陽炎はかつての雇主である水野忠邦闇討ちを引き受けたのだ。

忍びの世界には、世間の人々のような恩もなければ義理もない。

金さえ積まれれば、敵も味方もなく葬るのが忍びの者なのだ。しかし、陽炎が水野忠邦闇討ちを引き受けたのは、金を積まれたからだけではない筈だ。

金以外の何かが秘められているのだ。

左近は睨んだ。

その秘められた何かが、おそらく秩父忍び一族の衰退を招いたのだ。

左近の勘は囁いた。

そして、その秘められた何かが、左近に秩父忍びの加納大介《かのうだいすけ》に戻るのを躊躇《ためら》わせているのかもしれない。

東の空が僅かに白んできた。

陽炎たち秩父忍びは疲れ果て、泥のように眠っている。

死なせる訳にはいかない……。

左近は、風魔忍びとの激闘を覚悟した。

「面白い……」

左近は薄く笑った。


夜が明けた。

雑木林に小鳥の囀りが響いた。

左近は、風魔忍びは現れないと見極め、離れた巣鴨《すがも》の百姓を訪れて米と野菜や鶏の肉を買い、雑司ケ谷鬼子母神裏の古く小さな百姓家に戻った。

陽炎、烏坊、猿若は、眠り続けていた。

「左近さま……」

小平太は、懸命に身を起こそうとした。

「起きるな小平太。下手に動けば漸く閉じた傷口が開き、再び血が流れる」

左近は、厳しく命じた。

「はい……」

小平太は身を横たえた。

左近は、小平太の様子を診た。

小平太の身体には熱が籠《こ》もり、未だ血の滲む傷が幾つもあった。

幸いな事に、左脚の太股の深手は血が止まっていた。

左近は、小平太の身体の傷を焼酎で洗い、薬を塗って熱冷ましの丸薬を飲ませた。

「肋骨《あばら》が何本か折れている……」

「肋骨が……」

小平太は眉をひそめた。

「うむ。動く時は、それを忘れずにな……」

「はい……」

小平太は頷き、眼を閉じた。

左近は、鶏肉と野菜を刻み始めた。

陽炎が眼を覚ました。

「眼が覚めたか……」

「はい。すみませぬ。私がやります」

陽炎は狼狽えた。

「心配するな。先ずは裏の井戸で顔を洗って来るのだな……」

左近は笑った。


鶏肉と野菜の入った雑炊《ぞうすい》は、猿若と烏坊によって食べ尽くされた。

「よし、俺は浜松藩の中屋敷に行って風魔の様子を探って来る」

「左近、私も水野忠邦の動きを探りに行く」

陽炎は、厳しい面持ちで告げた。

「よし。ならば猿若、烏坊。小平太と此処に潜んでいろ」

「はい……」

猿若と烏坊は、緊張に喉を鳴らして頷いた。

「よし。見張りと警戒を怠るな……」

左近は、猿若、烏坊、小平太を残し、陽炎と共に古く小さな百姓家を出た。

鬼子母神の境内では、幼い子供たちが楽しげな声をあげて遊んでいた。

鬼子母神から下雑司ケ谷町の道に出て東に進めば、関口台町《せきぐちだいまち》、目白《めじろ》坂、音羽の町に出る。

左近と陽炎は、音羽町の江戸川《えどがわ》橋を渡って江戸川沿いを神田川に向かった。

江戸川の流れは煌めいていた。

「して陽炎、水野忠邦の首を獲れと、お前たち秩父忍びに命じたのは何処の誰だ」

左近は尋ねた。

「戸田因幡守忠温《いなばのかみただよし》だ……」

陽炎は、躊躇いがちに告げた。

「戸田忠温……」

左近は驚いた。

戸田因幡守忠温は、下野国宇都宮藩の藩主であり、西丸《にしのまる》老中の役目に就いていた。そして、かつて老中水野忠邦によって将軍家二十三番目の若さまの於福丸《おふくまる》を後継に押し付けられそうになり、二荒《ふたら》忍びを雇って阻止を企てた。その時、於福丸の警護に雇われたのが陽炎たち秩父忍びだった。

左近は、陽炎たち秩父忍びを助けて於福丸を護り、水野忠邦と戸田忠温に手を引かせて醜い争いを治めた。

しかし、水野忠邦と戸田忠温の暗闘は秘かに続いていたのだ。そして、戸田忠温は大胆にもかつて水野忠邦に雇われていた陽炎たち秩父忍びを呼び寄せたのだ。

「何故だ……」

左近は眉をひそめた。

「左近……」

陽炎は、固い面持ちで立ち止まった。

「陽炎……」

「我ら秩父忍びは、戸田忠温に金で雇われているのではない……」

陽炎は、悔しげに告げた。

「何……」

左近は、戸惑いを浮かべた。

「螢が姿を消した」

「螢が……」

秩父忍びの螢は、薬師の久蔵の孫娘だ。

「そして、黒木主水《くろきもんど》という者が現れ、螢を無事に返して欲しければ、水野忠邦の首を獲れと云って来たのだ」

「螢はその黒木主水なる者に……」

「連れ去られたのだ。そして、その黒木主水は、左近が始末した宇都宮藩総目付《そうめつけ》だった黒木帯刀《たてわき》の弟、つまり戸田忠温の家来だ」

「ならば、水野忠邦の首を獲れと命じて来たのは戸田忠温……」

左近は読んだ。

「如何《いか》にも……」

陽炎は、悔しげに頷いた。

宇都宮藩藩主戸田忠温は、螢を人質にして陽炎たち秩父忍びに遺恨のある水野忠邦闇討ちを命じたのだ。

「そうだったのか……」

左近は、秩父忍びの中に螢がいない理由を知った。

「ならば陽炎、話は変わる……」

「左近……」

「敵は水野忠邦ではなく、戸田因幡守忠温……」

左近は、己の中に怒りが静かに湧き上がるのを感じていた。

奸物《かんぶつ》共が……。

左近は、於福丸の一件の時、水野忠邦と戸田忠温の首を獲らなかったのを悔み、秘かに己を罵倒《ばとう》した。

四

神田川には荷船が行き交っていた。

左近は塗笠を目深《まぶか》に被り、陽炎は町娘に扮し、神田川沿いの道を昌平《しようへい》橋に向かっていた。

老中水野忠邦の首を獲るより、秩父忍びの螢の救出が先だ。

左近は決めた。

「陽炎、下野国宇都宮藩の江戸上屋敷に行く」

左近は、行き先を芝三田の浜松藩江戸中屋敷から宇都宮藩江戸上屋敷に変えた。

「左近……」

「螢を無事に取り返せば、風魔忍びとの殺し合いと水野忠邦の首を獲る事は無用……」

「左近、私もそう思い、宇都宮藩の上屋敷と下屋敷に忍んで螢を捜した。だが、私が捜した限り、何処にもいないのだ」

陽炎は、悔しげに告げた。

「何処にもいない……」

左近は眉をひそめた。

「ああ。いればとっくに助け出している」

陽炎は、苛立ちを滲ませた。

「ならば、もし江戸にいないとしたら宇都宮の国許《くにもと》か……」

左近は読んだ。

「宇都宮の国許……」

陽炎は、焦りを滲ませた。

「陽炎、とにかく螢の無事を確かめ、居場所を突き止める……」

左近は、神田川沿いの道を急いだ。

下野国宇都宮藩は、下谷七軒町《したやしちけんちよう》に江戸上屋敷、千駄ケ谷《せんだがや》に江戸下屋敷があった。

左近は、神田川に架かっている昌平橋の北詰を通り、下谷七軒町にある宇都宮藩江戸上屋敷に向かった。

陽炎は続いた。


神田川に架かる新《あたら》シ橋の北には、下谷に続く向柳原《むこうやなぎわら》の通りがある。その向柳原を進むと三味線《しゃみせん》堀になり、下谷七軒町があり宇都宮藩江戸上屋敷があった。

左近は塗笠を上げ、宇都宮藩江戸上屋敷を眺めた。

宇都宮藩江戸上屋敷は表門を閉め、警戒はそれなりにしているが、忍びの者が結界を張っている気配はない。

左近は見抜いた。

「左近、どうするのだ……」

陽炎は眉をひそめた。

宇都宮藩江戸上屋敷の潜り戸が開き、若い家来が出て来た。

「奴を締め上げてみる。陽炎は此処で黒木主水が現れるのを待て……」

左近は、事も無げに云い放ち、陽炎を残して若い家来を追った。

若い家来は、三味線堀に向かった。

左近は追った。

神田川は眩《まぶ》しく煌めいていた。

若い武士は、三味線堀の傍を抜けて向柳原の通りを神田川に進んだ。そして、神田川に架かっている新シ橋を渡った。

「待て……」

若い武士は、背後から呼び止める声に立ち止まって振り返った。

刹那、眼の前にいた左近が若い武士の鳩尾《みぞおち》に拳を叩き込んだ。

若い武士は眼を剝いて呻き、気を失って膝から崩れ落ちた。

左近は、崩れ落ちた若い武士を抱き止めて新シ橋の下に素早く引き摺《ず》り込んだ。

行き交う人も気が付かない一瞬の出来事だった。

新シ橋の下の船着場には、繫がれた小舟が揺れていた。

左近は、気を失った若い武士を後ろ手に縛り、頭から黒い布袋を被せて目隠しをした。そして、若い武士の顔に水を浴びせた。

若い武士は眼を覚まし、己の置かれた情況に気が付いて激しく狼狽えた。

左近は、若い武士の喉元に小柄の鋒《きっさき》を当てて僅かに刺した。

鋒が皮膚を破り、血が丸く浮かんだ。

若い武士は、驚きと痛みに短く呻いた。

「名と役目は……」

「つ、塚田《つかだ》又八郎《またはちろう》、勘定方《かんじょうかた》……」

若い武士は、眼を塞がれて何をされるか分からない恐怖に衝《つ》き上げられ、声を引き攣《つ》らせた。

「勘定方の塚田又八郎か……」

「さ、左様です……」

「家中に黒木主水と申す者がいるな」

「はい……」

塚田は頷いた。

「黒木の役目は……」

「総目付です……」

「総目付か……」

かつて左近が始末した兄の黒木帯刀と同じ役目だ。

「塚田、黒木主水は秩父から連れて来た娘を何処に閉じ込めている」

左近は、厳しい声音で尋ねた。

「そのような事、知りません……」

塚田は、必死に恐怖を乗り越えようとした。

左近は苦笑し、塚田の胸元に小柄を当てて静かに斬り下げた。

塚田は、胸元にむず痒さと血の生温さを感じて震えた。

「塚田。お前の代わりなど幾らでもいる。息の根を止めるなどは造作も無い事だ……」

左近は、冷酷に云い放った。

塚田は、恐怖に激しく震えた。

「塚田、本当に知らぬのだな……」

左近は、嘲笑を浮かべて念を押した。

「下屋敷です。きっと千駄ケ谷の下屋敷に閉じ込められているんです」

塚田は焦った。

「偽りを申すな。下屋敷にはいないと聞いた」

左近は、塚田の胸元に当てた小柄に力を込めた。

「ですが、黒木さまはこのところ、よく下屋敷に行っています。ですから……」

塚田は、焦りを募らせた。

「黒木がよく下屋敷に行く……」

「はい。それに、本当かどうかは分かりませんが、下屋敷には地下牢があるとか……」

「地下牢だと……」

左近は眉をひそめた。

かつて陽炎たち秩父忍びと於福丸を護って二荒忍びと闘った時、宇都宮藩江戸下屋敷に地下牢はなかった。

「はい。噂ですが……」

塚田は、必死の声音で告げた。

嘘偽りはないようだ……。

左近は見定めた。

「よし。塚田、此の事を下手に洩らせば、お前は宇都宮藩の秘事を洩らした虚《うつ》け者として始末される」

「えっ……」

塚田は狼狽えた。

「お前の身のためにも他言は無用だ……」

「は、はい……」

塚田は、気が付いたように何度も頷いた。

左近は苦笑し、塚田の手を縛っている縄を切った。

塚田は溜息を吐き、恐る恐る顔に被せられていた黒い布袋を取って振り返った。

左近は既にいなかった。


「千駄ケ谷の下屋敷……」

陽炎は、戸惑いを浮かべた。

「うむ……」

「しかし、下屋敷には螢が閉じ込められている気配は何処にもなかった」

「地下牢にもか……」

「地下牢……」

陽炎は眉をひそめた。

「うむ……」

左近は頷いた。

「下屋敷に地下牢などなかった筈だ……」

陽炎は困惑した。

「うむ。だがこのところ、黒木主水はよく下屋敷に行くそうだ」

「ならば黒木主水が新たに造ったのか……」

陽炎は読んだ。

「かもしれぬ。俺は千駄ケ谷の下屋敷に行く。陽炎、お前は黒木主水の動きを見張るのだ」

左近は告げた。

「心得た……」

陽炎は、緊張に喉を鳴らして頷いた。

左近は、千駄ケ谷に急いだ。

陽炎は、物陰に潜んで見張りを続けた。

刻《とき》が過ぎた。

宇都宮藩江戸上屋敷表門脇の潜り戸が開き、編笠を被った武士が二人の供侍《ともざむらい》を従えて出て来た。

陽炎は、編笠を被った武士の身体付きと身のこなしに見覚えがあった。

黒木主水……。

陽炎は、編笠を被った武士を黒木主水だと見定めた。

黒木主水は、二人の供侍を従えて出掛けて行く。

陽炎は追った。


四《よ》ツ谷《や》御門から大木戸を抜けると追分《おいわけ》になり、甲州《こうしゅう》街道と青梅《おうめ》街道に分かれる。

左近は甲州街道に進んだ。

宇都宮藩江戸下屋敷は、玉川上水のある千駄ケ谷町を抜けた処《ところ》にあった。

左近は、緑の畑に潜んで宇都宮藩江戸下屋敷を窺った。

宇都宮藩江戸下屋敷は、藩主の暮らす上屋敷と違って長閑《のどか》さが漂っている。

果たして此の下屋敷に地下牢があり、螢が閉じ込められているのか……。

左近は、下屋敷の周囲を廻った。

北に甲州街道、西の正面には広い田畑、南に旗本屋敷、裏手の東には畑と二軒の空き屋敷がある。

西の広い畑の外れの町家の辻には行商の鋳掛屋《いかけ》が店を開き、鞴《ふいご》で火を熾して鍋底の修理をしていた。そして、裏の畑では、二人の百姓が野良仕事に励んでいた。

左近は、身を隠して行商の鋳掛屋に微かな殺気を放った。

行商の鋳掛屋は、鍋底の穴を塞ぎながらそれとなく宇都宮藩江戸下屋敷の表門前を窺った。

まさか……。

左近は、下屋敷の裏の畑にいる二人の百姓にも微かな殺気を放ってみた。

二人の百姓は、野良仕事の手を止めて鋭い眼差しで下屋敷を見詰めた。

見張りだ……。

宇都宮藩江戸下屋敷は、表と裏に不審者を警戒する見張りを置いているのだ。

左近は読み、己の気配を素早く消した。

行商の鋳掛屋と二人の百姓は、左近の放った微かな殺気を気の所為《せい》だと思ったのか、再び仕事を始めた。

左近は、下屋敷の前の広い畑に潜んだ。

宇都宮藩江戸下屋敷は、下屋敷に似合わない警戒をしている。

やはり、下屋敷には地下牢があり、螢が囚われているのかもしれない。

左近は、鋭い眼差しで宇都宮藩江戸下屋敷を窺った。

下屋敷には、やはり緊張感は窺われず長閑《のどか》さが漂っていた。

緊張感のない長閑さは、装い作られたものなのだ。

下屋敷内には、秘かに厳重な警戒網が張られているのかもしれない。

迂闊《うかつ》に忍び込めない……。

左近は睨んだ。

編笠を被った武士が、二人の供侍を従えて甲州街道から千駄ケ谷町を抜けてやって来た。

左近は、広い畑に潜んで見守った。

編笠を被った武士は、二人の供侍を従えて宇都宮藩江戸下屋敷に入って行った。

宇都宮藩の者……。

左近は、畑の中から見送った。そして、尾行《つけ》て来た陽炎に気付いた。

左近は、陽炎の許に急いだ。

田畑の緑は微風に揺れた。

左近と陽炎は、畑の一角に忍んで宇都宮藩江戸下屋敷を眺めた。

「編笠の武士が黒木主水か……」

左近は知った。

「うむ。螢が連れ去られた翌日、私の許にやって来て、螢を無事に返して欲しければ、水野忠邦の首を獲れと云って来た……」

陽炎は、腹立たしげに告げた。

「そうか、奴が黒木主水か……」

左近は、黒木主水の身体付きと身のこなしを眼に焼き付けた。

「それで左近、下屋敷に螢が囚われている地下牢はあったのか……」

「未だ分からぬ……」

「分からぬ……」

陽炎は眉をひそめた。

「うむ。町家の辻と裏の畑に見張りがいて、迂闊に忍び込めぬ……」

左近は告げた。

「それだけ警戒が厳重だとなると、やはり地下牢があり、螢が……」

陽炎は睨んだ。

「うむ。そう思うが、見届けぬ限りはな……」

左近は、厳しい面持ちで陽炎を制止し、下屋敷を見据えた。

「では、どうする……」

陽炎は、焦りを滲ませた。

「うむ。先ずは下屋敷を警戒している者共が宇都宮藩家中の者なのか、それとも……」

「忍びだと申すのか……」

陽炎は、緊張を露《あら》わにした。

「かもしれぬ……」

左近は頷いた。

「もしそうだとしたなら、何処の忍びだ……」

陽炎は、焦りを募らせた。

「それも此《これ》からだ。螢の命が懸《か》かっている限り、下手な真似は出来ぬ……」

左近は、次に打つ手を思案した。

煌めく江戸湊には千石《せんごく》船が停泊し、何艘もの艀《はしけ》が忙しく荷積み荷下ろしをしていた。

東海道には潮騒が響き、多くの旅人が行き交っていた。

芝三田の浜松藩江戸中屋敷は、静寂に覆われていた。

左近は、浜松藩江戸中屋敷の表門前に佇《たたず》んだ。

次の瞬間、中屋敷の結界が揺れ、表門や長屋塀の屋根から佇む左近に鋭い殺気が次々に放たれた。

風魔忍びの者たちは、左近が昨夜の忍びだと逸早《いちはや》く気が付いたのだ。

昨夜、左近に小平太を奪われ、配下の忍びの者たちが蹂躙《じゅうりん》されたにも拘わらず、風魔忍びには気落ちや緩みはない。

流石《さすが》に風魔忍びだ。

左近は苦笑し、感心した。

表門脇の潜り戸が開き、総髪の初老の武士が出て来た。

左近は目礼した。

総髪の初老の武士は、左近に会釈をして東海道に向かった。

誘っている……。

左近は、総髪の初老の武士に続いた。

総髪の初老の武士は、左近の素性を知りながらも落ち着いた足取りで進んだ。

その後ろ姿と足取りに隙は微塵《みじん》もなく、かなりの剣の遣《つか》い手だ。

左近は睨み、己の背後を窺った。

追ってくる風魔忍びの者はいない……。

左近は、総髪の初老の武士を追った。


江戸湊は陽差しに煌めき、潮騒が響いていた。

左近は、周囲を警戒しながら総髪の初老の武士を尾行た。

風魔忍びが追って来る気配はなかった。

総髪の初老の武士は何者なのか……。

左近は続いた。

総髪の初老の武士は、波打ち際に立ち止まって振り返った。

左近は、油断なく立ち止まった。

「秩父忍びか……」

総髪の初老の武士は、穏やかに尋ねた。

「日暮左近。おぬしは……」

左近は名乗り、尋ねた。

「おぬしが日暮左近どのか、拙者は浜松藩大番頭《おおばんがしら》、藤堂嘉門《とうどうかもん》……」

総髪の初老の武士は、穏やかな笑みを浮かべて名乗った。

「大番頭の藤堂嘉門どのか……」

浜松藩の大番組は、城や藩邸の警備と藩主の警護を役目としていた。

「左様。して日暮どの、我が浜松藩中屋敷に何用ですかな……」

藤堂嘉門は、穏やかな眼差しを左近に向けた。

一瞬、穏やかな眼差しの奥に光が瞬《またた》いた。

風魔忍びの殺気が周囲に湧いた。

いつの間にか、風魔忍びが取り囲んでいたのだ。

左近は苦笑した。

藤堂嘉門と風魔忍びに抜かりはない。

「日暮どの……」

藤堂嘉門は、左近を促した。

「私の知り合いが、宇都宮藩家中の者に雇われ、何やら動いているようでしてね」

「宇都宮藩家中の者……」

藤堂嘉門は眉をひそめた。

「左様……」

「成《な》る程《ほど》、やはり宇都宮藩でしたか……」

「ご存知でしたかな……」

「我が浜松藩と宇都宮藩は、何かと因縁がありましてな。もしやと……」

嘉門は、小さな笑みを浮かべた。

「そうですか……」

左近は頷いた。

「それにしても、日暮どの。何故、それを我らに……」

「知り合いの者たちに、一刻も早く手を引かせたいからです」

左近は、嘉門を見据えた。

「知り合いの者たちに手を引かせたい……」

嘉門は、微かな戸惑いを過《よ》ぎらせた。

「左様。知り合いの者は望まず、脅されての事。それだけです」

「真《まこと》かな……」

「如何《いか》にも……」
左近は頷いた。
「分かった。ならば、此にて御免……」
嘉門は、穏やかな微笑みを残して踵《きびす》を返した。
風魔忍びの殺気は、嘉門が遠ざかるのと共に消えて行った。
左近は見送った。
浜松藩大番頭の藤堂嘉門は、風魔忍びを動かす筈だ。
風魔忍びの動きが、左近の企てを助けるものになるかどうかは分からない。
しかし、動いてくれれば新たな道の突破口は必ず開ける筈だ。
左近は確信していた。
江戸湊は夕暮れに染まり始めた。

第二章　風魔忍び

一

「千駄ケ谷の宇都宮藩江戸下屋敷……」

螢が囚われていることを知って小平太、猿若、烏坊は戸惑いを浮かべた。

「うむ……」

「ですが陽炎さま、以前探った時には、下屋敷に変わった様子はなかったのでは……」

小平太は、深手を負った左脚を投げ出して板壁に寄り掛かり、眉をひそめた。

「うむ。だが、左近の調べでは、下屋敷には地下牢が造られているかもしれぬそうだ」

「地下牢……」

猿若は驚いた。

「左様。かつて我らが於福丸さまを護って二荒忍びと闘った時にはなかったが……」

「じゃあ、螢はその地下牢に……」

烏坊は読んだ。

「おそらく。それが左近の睨みだ」

陽炎は頷いた。

「陽炎さま、じゃあ此から直ぐに宇都宮藩の江戸下屋敷に行きましょう」

猿若は腰を浮かした。

「うむ。だが猿若、宇都宮藩の下屋敷の見張りは厳重だ。早まった真似は螢の命を危険に晒すだけ。先ずは様子を窺い、助け出す時を窺う。良いな……」

陽炎は命じた。

「はい……」

猿若は、緊張に喉を鳴らして頷いた。

「陽炎さま、俺も行きます」

烏坊は、身を乗り出した。

「烏坊、背中の傷が癒《い》える迄は、此処で小平太の世話をしながら養生《ようじょう》しろ……」

「陽炎さま……」

「分かったな、烏坊……」

陽炎は、厳しく云い聞かせた。

「はい……」

烏坊は、残念そうに頷いた。

「よし。じゃあ小平太、烏坊と此処を頼む」

「心得ました。お気を付けて……」

「うむ。行くぞ、猿若……」

「はい……」

陽炎は、小平太と烏坊を残し、猿若を従えて古く小さな百姓家を出て行った。

暮六《くれむ》ツ（午後六時）の鐘が鳴り、町には明かりが灯され始めた。

浜松藩江戸中屋敷は、風魔忍びの結界に護られていた。

左近は、稲荷堂の陰から見張った。

浜松藩江戸中屋敷の潜り戸が開き、頭巾を被った藤堂嘉門が供侍を従えて出て来た。
藤堂嘉門が動く……。
左近は見守った。
藤堂嘉門は、供侍を従えて東海道に向かった。
何処に行くのか……。
左近は、藤堂嘉門を追った。

千駄ケ谷の宇都宮藩江戸下屋敷は、月明かりに蒼白《あおじろ》く照らされていた。
下屋敷の前に広がる畑には、人の潜んでいる気配はなく、虫の音が溢れていた。
陽炎と猿若は、下屋敷とその周囲を慎重に検《あらた》めた。
町家の辻と裏手の畑にいた見張りはいなく、下屋敷には忍びの者の結界もない。
穏やかな夜だ。
陽炎と猿若は、下屋敷の前の畑に忍んだ。
「陽炎さま、下屋敷に忍び込んでみますか……」
猿若は意気込んだ。

「猿若。早まった真似は、螢の命を危険に晒すだけだと云ったのを忘れたのか……」

陽炎は、猿若を厳しく叱った。

「はい……」

猿若は項垂れた。

「今は下屋敷の動きを見張り、地下牢があって、螢が囚われているのかどうか見定めるのだ……」

陽炎は命じた。

穏やかな夜は続いた。


浅草《あさくさ》三味線堀に月が蒼白く映《は》えた。

宇都宮藩江戸上屋敷は、表門を固く閉じて寝静まっていた。

藤堂嘉門は暗がりに佇み、頭巾の下で鋭く光る眼で宇都宮藩江戸上屋敷を見据えた。

左近は、向かい側の大名屋敷の屋根に忍んで宇都宮藩江戸上屋敷を見守った。

夜空に大きな鳥が現れ、宇都宮藩江戸上屋敷の表御殿の屋根に留まった。

大きな鳥は風魔忍びの頭領……。

左近は、己の気配を素早く消した。

鳥の鳴き声が夜空に響いた。

風魔忍びの者たちが、闇から湧くように現れた。

風魔忍び……。

左近は見守った。

風魔忍びの者たちは、土塀を乗り越えて宇都宮藩江戸上屋敷に侵入した。

藤堂嘉門は、供侍と共に暗がりに佇んで見守った。

左近は、宇都宮藩江戸上屋敷を眺めた。

風魔忍びの者たちは、前庭の警備をしていた番士たちを音もなく始末し、表御殿に忍び込んだ。

殺気が噴き上げ、激しく揺れた。

表御殿の中で殺し合いが始まった。

風魔忍びの頭領は、大きな鳥のような佇まいで表御殿の屋根に留まり続けていた。

次の瞬間、表御殿の中から風魔忍びの者たちが押し返されて来た。

どうした……。

風魔忍びにとって宿直の家来など敵ではない筈だ。

左近は、戸惑いを浮かべた。

風魔忍びの頭領は、大きな鳥のような佇まいを崩した。

戸惑ったのは俺だけではないようだ……。

左近は苦笑した。

風魔忍びの者たちは、表御殿の戸口を取り囲んで刀を構えた。

冷笑を浮かべた若い武士が、血の滴る手鉾《てぼこ》を提げて表御殿の戸口に現れた。

手鉾とは、斬撃、刺突《しとつ》をする武器だ。

若い武士の持つ手鉾は、刃は二尺の長さで身幅は四寸程の両刃、柄も二尺の長さだ。

何者だ……。

左近は眉をひそめた。

風魔忍びの者たちは、若い武士に手裏剣を放った。

若い武士は、手鉾を縦横に振るって飛来する手裏剣を叩き落とした。そして、戸口を蹴って風魔忍びの者たちに襲い掛かった。

手鉾が唸り、数人の風魔忍びの者たちが血を飛ばして斬り倒された。

忍び……。

左近は、若い武士が忍びの者だと睨んだ。

鳥の鳴き声が響いた。

左近は、表御殿の屋根にいる風魔忍びの頭領を見た。

風魔忍びの頭領は、表御殿の屋根を蹴って夜空に跳んだ。

若い武士は、頭上を見上げて手鉾を大きく一閃した。

風魔忍びの頭領は、手鉾を蹴り払って若い武士の前に飛び下りた。

若い武士は、素早く手鉾を構え直した。

「風魔忍びの頭領、風魔小太郎か……」

若い武士は、長い袖無し羽織を着た風魔忍びの頭領を見据えた。

「如何にも。お前は……」

風魔忍びの頭領は、己が風魔小太郎だと認めて若い武士に素性を尋ねた。

「二荒の天狗《てんぐ》……」

若い武士は名乗った。

「二荒の天狗……」

風魔小太郎は訊き返した。

「ああ……」

二荒の天狗と名乗った若い武士は頷いた。

「そうか、二荒忍びの生き残りが、同じように滅亡の瀬戸際の秩父忍びの者共を使って水野さまのお命を狙ったか……」

風魔小太郎は、蔑《さげす》むように嘲笑した。

二荒の天狗は、二荒忍びの流れを汲《く》む忍びなのだ。

二荒忍びは、総帥《そうすい》の二荒幻心斎《げんしんさい》と青龍《せいりゅう》、白虎《びゃっこ》、玄武《げんぶ》、朱雀《すざく》などの配下を左近に斃されて滅んだ。二荒の天狗は、その二荒忍びの生き残りだった。

左近は知った。

「左様。秩父忍びは二荒の天狗の得物《えもの》の一つに過ぎぬ……」

二荒の天狗は、冷酷な笑みを浮かべて風魔小太郎に手鉾を唸らせた。

風魔小太郎は、地を蹴って夜空に跳んで打矢《うちや》を撒《ま》いた。

小太郎の打矢は、六寸の矢柄《やがら》に四寸程の羽根の付いたものだ。

打矢は、鏃《やじり》を光らせて二荒の天狗の頭上に揺れながら舞い落ちた。

鏃には毒が塗られており、掠《かす》り傷でも致命傷になる恐れがある。

二荒の天狗は、手鉾を閃かせて降り注ぐ打矢の羽根を斬った。

羽根を斬られた打矢は、毒の塗られた鏃だけとなって二荒の天狗に落ちた。

二荒の天狗は、大きく跳び退いた。

風魔忍びの者たちは既に消え、風魔小太郎は表門の屋根にいた。

「二荒の天狗、水野忠邦さまの命、奪えるものなら奪ってみろ……」

風魔小太郎は、冷笑を浮かべて表門の屋根から夜空に大きく跳んだ。

袖無し羽織が左右に大きく翻《ひるがえ》り、その姿はまるで大きな鳥が飛び立つかのようだった。

二荒の天狗は見送った。

「天狗、風魔の忍びか……」

黒木主水が、表御殿の戸口に出て来た。

「うむ。風魔小太郎だ……」

二荒の天狗は、悔しげに手鉾を一閃した。

刃先を濡らしていた血が飛んだ。

「此方《こちら》の素性、知られたか……」

黒木は眉をひそめた。

「うむ。風魔忍びが相手となると、秩父忍びに水野忠邦を討ち果たせはしまい……」

二荒の天狗は、冷酷に云い放った。

所詮《しょせん》は忍び。隙を見付けては利用し、油断をすれば利用される情け容赦のない非情の世界だ。

陽炎たち秩父忍びは、使い棄ての得物としての役目を終えたのだ。

役目を終えた道具は、片付けられるだけだ。

左近は、忍びの非情さを蔑んだ。

「四郎兵衛《しろべえ》……」

二荒の天狗は、闇に向かって呼んだ。

闇から忍びの者が現れ、二荒の天狗の前に控えた。

「下屋敷に行って、人質を片付けろ……」

二荒の天狗は、忍びの四郎兵衛に命じた。

下屋敷の人質とは螢だ。

二荒の天狗は、四郎兵衛に螢の始末を命じたのだ。

左近は読んだ。

「承知……」

四郎兵衛は頷き、数人の配下を従えて宇都宮藩江戸上屋敷を出た。

よし……。

左近は追った。

宇都宮藩江戸上屋敷表門前の暗がりに、藤堂嘉門と供侍は既にいなかった。


江戸の町は眠っていた。

二荒忍びの四郎兵衛は、数人の配下を従えて夜の町を疾走した。

左近は続いた。

四郎兵衛たちは夜の町を走り、木戸を跳び、連なる屋根を駆け抜けた。

左近は追った。

四郎兵衛たちの息遣いと足取りに合わせるように追った。

やがて、左近の息遣いと足取りは、四郎兵衛たち二荒忍びのものと一つになった。

四郎兵衛は、町の辻を曲がった。

配下の者たちが一列になって続いた。

左近は、最後尾の配下に苦無《くない》を放った。
最後尾の配下は、その背に苦無を受けて前のめりに斃れた。
左近は、斃れた配下に代わって四郎兵衛一行の最後尾に付いた。
四郎兵衛と数人の配下は、左近に気付かず走り続けた。
左近は、二荒忍びの四郎兵衛一行の一人として走った。

千駄ケ谷の宇都宮藩江戸下屋敷は、月の光と虫の音に覆われていた。
下屋敷に人の出入りはない……。
陽炎と猿若は、表門前の畑から見張り続けていた。
僅かな刻《とき》が過ぎた。
「陽炎さま……」
猿若は、玉川上水の流れる千駄ケ谷町を示した。
数人の忍びの者が、千駄ケ谷町から駆け寄って来た。
忍びの者……。
陽炎は、眼を凝《こ》らした。
数人の忍びの者は、宇都宮藩江戸下屋敷に向かって走った。

「風魔忍び……」

猿若は読んだ。

「違う……」

陽炎は眉をひそめた。

数人の忍びの者は、地を蹴って土塀を跳び越えて次々に宇都宮藩江戸下屋敷に入って行った。

陽炎と猿若は、息を詰めて見守った。

忍びの者たちが入っても、下屋敷に殺気は湧かず殺し合いが始まった様子は窺えない。

「猿若……」

陽炎は、畑を出て宇都宮藩江戸下屋敷の土塀に走った。

猿若は続いた。


二荒の四郎兵衛は、数人の配下の者たちと宇都宮藩江戸下屋敷に入り、作事小屋、炭小屋、厩などの並ぶ南側に進んだ。

左近は、最後尾に続いた。

侍長屋の一つから二人の男が現れた。

「どうした四郎兵衛どの、夜更《よふ》けに何用だ」

二人の男は、二荒忍びだった。

おそらく昼間、鋳掛屋や百姓に身を変えて下屋敷の見張りをしている者共だ。

左近は睨んだ。

「上屋敷が風魔忍びに襲われた……」

四郎兵衛は告げた。

「風魔忍びに……」

「うむ。最早《もはや》、秩父忍びは役目を終えた」

「ならば……」

「早々に片付けろとの事だ……」

「よし……」

四郎兵衛たち二荒忍びの者は、作事小屋の一軒に入った。

地下牢は作事小屋の下にあるのか……。

左近は、最後尾に続いた。

作事小屋に火が灯された。

二荒忍びの一人が床板を上げた。

床下には階段が続いていた。

「よし。連れ出して来い……」

四郎兵衛は、見張りの忍びたちに命じた。

見張りの忍びたちは、龕燈《がんどう》を手にして階段を降りて行った。

地下牢は、作事小屋の地下にあった。

左近は、隅の暗がりに佇んで見守った。

僅かな刻が過ぎた。

窶《やつ》れ果てて痩せ細った螢が、見張りの忍びたちに連れて来られ、土間に引き据えられた。

髪を乱した螢は、肩で息を吐きながらも四郎兵衛たち二荒忍びを必死に睨み付けた。

哀れな……。

左近は、哀れみと共に激しい怒りに衝き上げられた。

「螢、もう役目は終わった。楽にしてやる……」

四郎兵衛は残忍に笑い、忍び刀を抜いた。

螢は、既に覚悟を決めていたのか静かに眼を閉じた。

「ご苦労だったな……」

四郎兵衛は、螢の頭上に忍び刀を振り上げた。

どすっ……。

刹那、鈍い音がし、四郎兵衛の無防備な胸に苦無が深々と突き刺さった。

四郎兵衛は、眼を剝いて凍て付いた。

二荒忍びの者たちは戸惑い、事態が分からず狼狽えた。

次の瞬間、作事小屋の隅にいた左近が無明刀を抜き放った。

無明刀は、二人の二荒忍びの首の血脈を刎《は》ね斬った。

二人の二荒忍びは、首から血を噴き上げて斃れた。

左近は、残る二荒忍びに無明刀を閃かせた。

残る二荒忍びたちは、手足を両断されて次々と倒れた。

血を流し、激痛に苦しんで死ねば良い……。

左近は、漸く忍び刀を抜いた最後の二荒忍びの腹に無明刀を突き刺した。

無明刀は、二荒忍びの腹を貫いた。

左近は、二荒忍びの腹から刀を引き抜いた。

腹から無明刀を引き抜かれた二荒忍びは、呆然とした面持ちで倒れた。

左近は、凍て付いている四郎兵衛を怒りを込めて蹴り飛ばした。

四郎兵衛は飛ばされ、板壁に当たって前のめりに地下に続く穴に落ちていった。

「さ、左近さま……」

螢は、窶れ果てた顔を左近に向けた。

「螢、遅くなってすまぬ。よく生き抜いた」

左近は誉めた。

「はい……」

螢は、嬉しげに微笑んだ。

「よし。皆の処《ところ》に帰ろう」

左近は微笑んだ。

陽炎と猿若は、宇都宮藩江戸下屋敷の土塀の上に忍んで屋敷内を窺っていた。

左近が、螢を伴って作事小屋から出て来た。

「左近、螢……」

陽炎は思わず声を弾ませ、土塀を飛び下りて左近と螢に駆け寄った。

猿若が続いた。

「螢……」

「陽炎さま……」

螢は涙ぐんだ。

「良かった……」

陽炎は、螢を抱き締めた。

猿若は、鼻水を啜《すす》った。

侍長屋に明かりが灯り、留守居番の家来たちの声がした。

「陽炎、猿若、早く螢を連れて逃げろ……」

左近は促した。

「はい……」

陽炎と猿若は、螢を連れて土塀を乗り越え始めた。

家来たちが、刀を手にして現れた。

「く、曲者《くせもの》……」

家来たちは、土塀を乗り越えようとしている陽炎、猿若、螢に駆け寄ろうとした。

左近は立ちはだかった。

「おのれ、何者だ……」

家来たちは、左近を取り囲んだ。

「死に急ぐか……」

左近は、冷たく笑った。

二

雑司ケ谷鬼子母神裏の雑木林には、小鳥の囀りが飛び交っていた。

古く小さな百姓家からは、薬湯の臭いが微かに漂っていた。

左近は、雑木林の中を一廻りした。

不審な者はいなかった。

風魔忍びと二荒忍びの者たちの手は及んでいない……。

左近は、危険のないのを見定めて古く小さな百姓家に入った。

薬湯の臭いが満ちていた。

「不審な者はいない……」

左近は告げた。

「そうか……」

陽炎は頷いた。

古く小さな百姓家の板の間には、螢が横たわり、小平太が左脚を投げ出して板壁に寄り掛かっていた。

「螢、小平太、具合はどうだ……」

左近は尋ねた。

「はい。肋の骨は折れたままですが、左脚の傷は大分良くなりました。もう動けます」

小平太は声を弾ませた。

「私ももう動けます……」

螢は笑った。

「そうか、良かったな……」

左近は頷いた。

「只今、戻りました」

職人姿の猿若と烏坊が帰って来た。

「ご苦労だったね」

陽炎は迎え、労った。

「いえ……」

「して、どうだった……」

左近は尋ねた。

「はい。老中の水野忠邦、芝三田の中屋敷から西御丸下の上屋敷に戻ったようです」

猿若は報せた。

「忠邦が上屋敷に戻ったとなると、風魔小太郎たち風魔忍びも上屋敷に入ったか……」

左近は読んだ。

「きっと……」

猿若は頷いた。

「それから、千駄ケ谷の宇都宮藩の下屋敷ですが、上屋敷の者共が来たり、家来たちが忙しく出入りしていました」

烏坊は告げた。

「そうか……」

宇都宮藩総目付の黒木主水は、二荒の天狗と共に下屋敷に駆け付け、地下牢のある作事小屋に螢ではなく四郎兵衛たちの死体が残されていたのに戸惑った。そして、秩父忍びが螢を取り戻したと睨んだ筈だ。

左近は読んだ。

何《いず》れにしろ陽炎たち秩父忍びは、水野忠邦と戸田忠温との暗闘から手を引いて秩父に帰るべきなのだ。

「それで左近さま、宇都宮藩の上屋敷に何やら忍びの結界が張られたようです」

烏坊は眉をひそめた。

「うむ……」

二荒の天狗と黒木は、風魔小太郎が秩父忍びの背後に宇都宮藩が潜んでいると気付いたのを知り、護りを固めたのだ。

水野忠邦と戸田忠温の暗闘は、風魔忍びと二荒忍びの殺し合いとなって続くのだ。

左近は読んだ。

「何れにしろ陽炎、小平太と螢が動けるようになったら、秩父に帰るのだな」

「うむ。分かっている……」

陽炎は頷いた。

左近に云われる迄もない……。

此《これ》以上、若い小平太、猿若、烏坊、螢を殺し合いの渦中に晒しておく訳にはいかないのだ。

陽炎は決めていた。

「よし、ならば秩父忍びとしては此迄だ」

左近は微笑んだ。


風魔小太郎は、配下の忍びの者を率いて藩主戸田忠温のいる宇都宮藩江戸上屋敷を襲撃した。

襲撃は撃退したものの、総目付の黒木主水と二荒の天狗は黙っている訳にはいかない筈だ。

水野忠邦がいる浜松藩江戸上屋敷に報復の襲撃を掛けるかもしれない。

報復の襲撃が繰り返され、風魔忍びと二荒忍びは殺し合いを続ける。

それは最早、秩父忍びに拘りのない事なのだ。

勝手に殺し合えば良い……。

左近は、吐き棄てた。

何なら手を貸してやるのも面白い……。

左近は、不敵な笑みを浮かべた。


「何か分かったか……」

宇都宮藩総目付の黒木主水は、用部屋に入って来た二荒の天狗に向き直った。

「うむ。四郎兵衛と配下の者共の死体を詳しく検《あらた》めたところ、揃って一撃で斃されていた」

二荒の天狗は、厳しい面持ちで告げた。

「揃って一撃……」

黒木は眉をひそめた。

「左様。四郎兵衛は心の臓に苦無を叩き込まれ、残る者たちは首の血脈を刎ね斬られたり、手足を一太刀で両断されたりしていた」

「恐るべき手練《てだ》れだな……」

「風魔忍びの仕業か……」

「うむ……」

「いや。秩父忍びの女を助け出して行ったところをみると、風魔忍びではなくおそらく秩父忍びだろう」

二荒の天狗は読んだ。

「秩父忍び……」

黒木は、戸惑いを浮かべた。

「うむ……」

「だが、秩父忍びに、そのような者はいない筈だが……」

「いや。いる……」

二荒の天狗は、厳しい面持ちで告げた。

「いる。何者だ……」

黒木は、緊張を滲ませた。

「日暮左近だ……」

二荒の天狗は告げた。

「日暮左近……」

「左様。かつて二荒幻心斎とおぬしの兄の黒木帯刀を斬ったと思われる日暮左近だ」

「そうか、日暮左近か……」

「四郎兵衛たちを一太刀で葬った恐るべき手練れは、日暮左近しかいない……」

二荒の天狗は眉をひそめた。

「ならば、日暮左近が四郎兵衛たちを斃して秩父忍びの女を助け出したか……」

「相違あるまい。日暮左近、此の俺が必ず斃してやる……」

二荒の天狗は、湧き上がる微かな畏怖《いふ》を振り払った。

日本橋馬喰町の公事宿『巴屋』は、公事訴訟に忙しい一日を終えようとしていた。

左近は、煙草屋の縁台でお喋りをしているお春や隠居たちに挨拶をし、隣にある公事宿『巴屋』の暖簾《のれん》を潜った。

「あら、いらっしゃい……」

おりんは、左近を帳場で迎えた。

「やあ。彦兵衛どのはいるかな」

「ええ。仕事部屋に。どうぞ、お上がり下さいな」

おりんは微笑んだ。

「忝《かたじけな》い。邪魔をする……」

左近は帳場に上がり、公事宿『巴屋』の主彦兵衛の仕事部屋に向かった。


「御免、邪魔をする……」

左近は、彦兵衛の仕事部屋に入った。

「おや……」

彦兵衛は、訴状を書いていた筆を置いた。

左近は、壁際に座った。

「さあて、どうしました……」

彦兵衛は、暫く顔を見せなかった左近に笑い掛けた。

「今、出入物吟味人としての仕事は……」

「私はありません。房吉もきっと……」

「ならば、今暫く出入りを控える……」

左近は告げた。

「ほう。それは秩父忍び絡みですかな……」

彦兵衛は、左近が秩父忍びに絡んだ危険な事をしていると睨んだ。

「うむ……」

左近は頷いた。

公事宿『巴屋』と彦兵衛、おりん、下代の房吉、お春たちを巻き込み、危険な目に遭わせる訳にはいかない。そのためにも、事の次第は知らない方が良い。

「そうですか……」

彦兵衛は、左近の肚の内を知っている。

下手に事の次第を知り、おりんや房吉と共に巻き込まれるのを恐れた。巻き込まれるのを恐れるのは、自分たちの身のためでもあるが、左近の動きを封じる道具にもなるからだ。

「お邪魔しますよ」

おりんが茶を持って来た。

「どうぞ……」

おりんは、左近に茶を差し出した。

「戴《いただ》く……」

左近は、茶を飲んだ。

「おりん、左近さんが暫く出入りを差し控えるそうだ」

彦兵衛は、おりんに告げた。

「陽炎さんですか……」

おりんは尋ねた。

「そいつはどうにか片が付いた」

左近は苦笑した。

「片が付いた……」

「うむ。だが、やりたい事があってな……」

「やりたい事ですか……」

おりんは眉をひそめた。

「うむ……」

左近は、おりんを見詰めて頷いた。

「左近さん、何をするにしても、ご自分の身を大切にして下さいね」

おりんは、彦兵衛の仕事部屋から出て行った。

左近は見送った。

「左近さん、おりんの云う通りですよ」

彦兵衛は眉をひそめた。

「彦兵衛どの。所詮、日暮左近という男は修羅《しゅら》の道を行く運命《さだめ》なのかもしれぬ……」

左近は、淋しげな笑みを浮かべた。


鉄砲洲波除稲荷の石垣に打ち寄せる波は、白い飛沫となって飛び散っていた。

左近は八丁堀に架かっている稲荷橋を渡り、鉄砲洲波除稲荷の裏の公事宿『巴屋』の寮に向かった。

公事宿『巴屋』の寮の前には、見覚えのある武士が佇んでいた。

左近は、様子を窺った。

殺気はない……。

左近は気付いた。

「おぬし……」

見覚えのある武士は、浜松藩大番頭藤堂嘉門の供侍だった。

供侍は、穏やかな笑みを浮かべて左近に深々と頭を下げた。

「藤堂さまが……」

供侍は、波除稲荷を示した。

藤堂嘉門が波除稲荷の境内に来ている……。

左近は、波除稲荷に向かった。

供侍は続いた。


江戸湊は眩しく煌めいていた。

藤堂嘉門は、波除稲荷の境内の柵の傍に佇んで江戸湊を眺めていた。

左近と供侍は、境内に入って来た。

藤堂は振り返った。

「藤堂どの……」

左近は、藤堂に近寄った。

「日暮どの、先夜の首尾は如何でした……」

藤堂は、左近に笑い掛けた。

「お陰さまで……」

左近は微笑んだ。

知っている……。

藤堂嘉門は、左近の動きを知っているのだ。

左近は気付いた。

「それは何よりでしたな。して日暮どの、おぬし、これから如何《いかが》されるのですか……」

藤堂は、左近に探る眼差しを向けた。

「別に……」

左近は、返事をしながら波除稲荷の境内に風魔忍びの気配を探った。

境内の何処にも、風魔忍びの潜む気配はなかった。

「ならば、我らと共に御老中水野忠邦さまの許で働かぬかな……」

藤堂は誘った。

「藤堂どの、私は宮仕えに向いていない者でして……」

左近は苦笑した。

鴎《かもめ》が鳴きながら波除稲荷の境内を飛び交い、江戸湊は煌めいた。

「そうですか、それは残念な……」

藤堂は微笑んだ。

「申し訳ない……」

左近は詫びた。

「いいえ。此方が勝手に云い出した事、詫びるには及ばぬ。ならば日暮どの、もし気が変わった時には、私かそこなる大番組の片岡《かたおか》兵《ひょう》庫《ご》を訪ねて浜松藩江戸上屋敷にお出《い》で下され」

藤堂は、控えている供侍を示した。

「大番組の片岡兵庫です」

供侍は名乗った。

「分かりました……」

左近は頷いた。

「ではな……」

藤堂は、左近に会釈をして波除稲荷の境内から出て行った。

片岡兵庫が続いた。

左近は見送った。

藤堂嘉門は、左近が鉄砲洲波除稲荷裏の公事宿『巴屋』の寮で暮らしているのを、どうして知っていたのだ。
風魔小太郎に聞いたのか……。
左近は読んだ。
夕暮れ時の波除稲荷の空には、鳴いて飛び交う鷗が増えた。

公事宿『巴屋』の寮は雨戸が閉められ、居間や座敷は暗く沈んでいた。
左近は、戸口に佇んで暗い居間や座敷を窺った。
人の忍んでいる気配はない……。
左近は見定め、居間の雨戸を開けた。
夕陽が差し込んだ。
左近は、縁側に出て狭い庭の向こうに見える海を眺めた。
潮騒が響き、海から吹く風が左近の鬢《びん》の解《ほっ》れ髪を揺らした。
左近は、何者かの視線を感じた。
やはり見張られている……。
左近は、何者かに見張られているのを見定めた。
見張っている者は、おそらく風魔の忍びの者だ。

風魔小太郎は、配下の忍びの者を斬られて一帯を探索し、此処を突き止めたのだ。そして、浜松藩大番頭の藤堂嘉門にも教えた。

左近は読み、苦笑した。

夕陽は沈み、江戸湊は青黒さに覆われて潮騒を響かせた。


行燈の火は居間を照らした。

左近は、飯を炊いて味噌汁を作り、僅かな酒を飲んで晩飯にした。

刻が過ぎ、夜が更けた。

江戸湊には、小さな明かりが幾つか揺れていた。

左近は雨戸を閉めた。そして、行燈の火を消し、座敷に敷いた蒲団に横になった。

潮騒が小さく響いていた。

左近は微睡《まどろ》んだ。

微かな物音がした。

左近は微睡みから眼を覚まし、暗い天井を見上げた。

微かな物音は、屋根の上からしていた。

左近は、忍び装束に身を固めて座敷の押し入れに入った。
押し入れの中には、夜の冷ややかさが流れ込んでいた。
左近は、押し入れの中の隠し戸の猿を外して開け、外に出た。

押し入れの隠し戸の外は、寮の横の路地だった。
左近は隠し戸を閉め、路地に忍んで寮の屋根を窺った。
人影が、隣の二階家の壁に映った。
風魔の忍びの見張りだ……。
左近は苦笑し、路地を出た。そして、夜の闇に向かって走り出した。
夜の闇は、疾走する左近に斬り裂かれて渦を巻いた。

月明かりは、江戸城の櫓《やぐら》や内濠を蒼白く照らしていた。
御曲輪《くるわ》内大名小路に連なる大名屋敷は、寝静まっていた。
左近は、西御丸下の浜松藩江戸上屋敷の隣にある大名屋敷の大屋根に潜んだ。
そして、大屋根の上から隣の浜松藩江戸上屋敷を窺った。
浜松藩江戸上屋敷内には、警備の篝火《かがりび》などは焚《た》かれず、龕燈の明かりだけが揺れていた。

見廻りの番士たちの龕燈だ。

浜松藩は御曲輪内西御丸下にあるので、篝火を焚くのを遠慮し、見張りと見廻りだけの警備をしている。そして、江戸上屋敷の闇には風魔小太郎配下の忍びの者たちが忍び、二荒の天狗たちの襲撃に備えて結界を張っていた。

二荒の天狗が率いる二荒忍びは、報復の襲撃を企てている筈だ。

左近は、浜松藩江戸上屋敷の隣の屋敷の大屋根に潜んで見守った。

満天の星が煌めき、刻は静かに流れた。

不意に西御丸下の往来の闇が揺れた。

左近は、揺れた闇を見据えた。

忍びの者たちが、闇を揺らして現れた。

二荒忍びだ……。

左近は見定め、己の気配を消した。

二荒忍びは、将軍の暮らす御曲輪内でどのような攻撃をするのだ。

風魔忍びは上屋敷の外で闘い、公儀に騒ぎを知られるのを恐れている。そうなると、上屋敷内に引き込んで闘うしかない。

浜松藩が御曲輪内で騒ぎを起こせば、如何に藩主が老中でも公儀の咎《とが》めは免れない。寧《むし》ろ他の大名家よりも重い咎めを受けるかもしれないのだ。

浜松藩にとって恐ろしいのは、二荒忍びよりも公儀だとも云える。

何れにしろ、浜松藩は圧倒的に不利なのだ。

左近は、興味を持って見守った。

二荒忍びの者たちは、闇を揺らして浜松藩江戸上屋敷の土塀の暗がりに駆け込んだ。

左近の忍ぶ大屋根の隅の闇が揺れ、二人の忍びの者が現れた。

二荒忍び……。

左近は、大屋根に現れた二人の二荒忍びを見守った。

三

浜松藩江戸上屋敷の表門脇の土塀の暗がりに潜んだ二荒忍びたちは、屋敷内に殺気を放った。

上屋敷に張られた結界は激しく揺れ、屋敷内の見張りや見廻りの番士たちが表門に動いた。
龕燈の明かりが揺れた。
二荒忍びは殺気を放つだけで、未だ土塀を乗り越えて侵入しようとはしなかった。
何故だ……。
左近は、侵入しない理由を推し測った。
大屋根に現れた二荒忍びたちは、焙烙玉を取り出した。
火攻め……。
風魔忍びたちを表門に集め、庭先に焙烙玉を投げ込んで火事騒ぎを起こす企てなのだ。
左近は読んだ。
二人の二荒忍びは、焙烙玉を浜松藩江戸上屋敷に投げ込もうとした。
刹那、左近は苦無を放った。
苦無は、焙烙玉を投げ込もうとした二荒忍びの背に深々と突き刺さった。
二荒忍びは崩れた。
残る二荒忍びは驚き、狼狽えて辺りを見廻した。

左近は跳び、辺りを見廻す二荒忍びの顔を鋭く蹴った。

首の骨の折れる鈍い音がし、二荒忍びは蹴られた顔を後ろに向けて斃れた。

二荒忍びの焙烙玉を投げ込んで火事を起こす企みは、左近によって阻まれた。

左近は、浜松藩江戸上屋敷を窺った。

浜松藩江戸上屋敷の大屋根に大きな鳥が留まり、左近たちを見ていた。

風魔小太郎……。

左近は、風魔小太郎を見据えた。

風魔小太郎は、袖無し羽織を鳥の翼のように翻して表門に飛んだ。

まるで夜空を飛ぶ怪鳥《けちょう》だった。

風魔小太郎は、表門の屋根に着地し、直ぐに蹴った。そして、土塀の陰にいる二荒忍びたちに飛び掛かった。

殺気が溢れた。

土塀の陰にいた二荒忍びたちは怯んだ。

風魔小太郎は、両手に一尺二寸程の大苦無を握り、縦横に閃かせた。

二荒忍びたちは、忍び刀を抜いたり手裏剣を投げる間もなく次々に倒された。

両手の大苦無は閃いた。

恐るべき早技だった。

左近は感心した。

風魔忍びたちが土塀を越えて現れ、倒れた二荒忍びに止《とど》めを刺して浜松藩江戸上屋敷に運び込んだ。

二荒忍びの死体は、江戸上屋敷内の広い庭の片隅に埋める。

左近は、風魔小太郎と配下の忍びたちを見守った。

風魔小太郎は二荒忍びを倒し、配下の忍びたちは素早く止めを刺して死体を屋敷内に運んだ。

二荒忍びの者たちは皆殺しにされた。

刃の咬み合う音や悲鳴もなく、殺気だけが渦巻く静かな闘いは終わった。

風魔小太郎は、隣の屋敷の大屋根にいる左近を見上げた。

左近は身を隠さず、風魔小太郎を見下ろした。

風魔小太郎は、頭巾の間に見える眼を鋭く光らせて身を翻した。

風魔忍びたちは、表門前の闘いと血の痕を綺麗に消して素早く引き上げた。

御曲輪内西御丸下は、何事もなかったかのように静寂に覆われた。

見事なものだ……。

左近は、風魔忍びの手際の良さに感心せずにはいられなかった。
雑司ケ谷鬼子母神の子育て公孫樹は、その影を境内の西に向かって長く伸ばしていた。
左近は、鬼子母神裏の雑木林を眺めた。
雑木林には斜光が差し込み、小鳥の囀りが響いていた。
不審はない……。
左近は、雑木林に踏み込んだ。
木洩れ日が揺れ、小鳥が鳴き止む事はなかった。
左近は、辺りを窺いながら古く小さな百姓家に向かった。
不意に人の気配が浮かんだ。
左近は、歩きながら殺気を探した。
殺気はない……。
左近は、浮かんだ人の気配を読んだ。
「猿若か……」
左近は、頭上を見上げた。

猿若が、木の上から左近の傍に飛び下りて来た。

「左近さま……」

「変わった事はないようだな……」

左近は尋ねた。

「はい……」

猿若は頷いた。

左近は、猿若と共に雑木林を進んだ。

古く小さな百姓家が、雑木林の奥に見えて来た。

烏坊が、古く小さな百姓家の屋根の上に現れた。

「見張りか……」

左近は、小さな笑みを浮かべた。

「はい……」

猿若は頷いた。

陽炎は、猿若と烏坊の二人を見張りに立てて出来る限りの警戒をしていた。

古く小さな百姓家には、薬湯の臭いが満ちていた。

小平太と螢は、身を起こしていた。

「そうか、随分良くなったか……」

左近は微笑んだ。

「はい……」

小平太と螢は頷いた。

「左近、小平太の左の太股の傷は随分良くなったし、螢の体力も戻って来た。そろそろ秩父に帰ろうかと思うのだが……」

陽炎は告げた。

「うむ。帰るのは早い方が良い……」

左近は頷いた。

「しかし、面倒なのは黒木主水と二荒忍びの者共だ。我らが秩父に帰ったと知ると、どう出るか……」

陽炎は、厳しさを滲ませた。

「陽炎。黒木主水と二荒の天狗と配下の忍びの者共は、俺が始末する」

左近は、事も無げに云い放った。

「左近、一人で大丈夫か……」

陽炎は眉をひそめた。

「案ずるな……」

左近は不敵に笑った。


三味線堀の水面は眩しく輝いていた。

下谷七軒町の宇都宮藩江戸上屋敷に、先触れの家来が駆け込んだ。

表門が開けられた。

左近は、向かい側の蝦夷松前《えぞまつまえ》藩江戸上屋敷の屋根に潜んで見守った。

戸田因幡守忠温の下城の行列が、下谷七軒町の通りをやって来た。

行列の供侍は多く、厳重な警戒をしていた。

付け火の企てに対する風魔忍びの報復を恐れている……。

左近は苦笑した。

下城の行列を襲われて騒動になれば、どのような結果になろうとも公儀の咎めを受けるのは必定《ひつじょう》なのだ。

遣《や》れば遣り返される……。

水野忠邦と戸田忠温の配下の者たちは、脅し合い、殺し合いを繰り返している。

左近は、可笑《おか》しさと虚しさを覚えずにはいられなかった。

戸田忠温の下城の行列は、表門前に並んだ黒木主水たち家臣に迎えられて江戸上屋敷内に入って行った。

表門の門扉が軋《きし》みを上げて閉められた。

戸田忠温は、無事に江戸上屋敷に戻った。

左近は見届けた。


水野忠邦と戸田忠温の対立は続いた。

風魔忍びと二荒忍びの暗闘は、互いに隙を窺う膠着《こうちゃく》状態に陥った。

左近は、微かな苛立ちを覚えた。

だが、忍びの者たちの命を虚しく散らさないだけ良いのかもしれない。

左近は、膠着状態を見守った。

神田川の流れに月影は揺れた。

宇都宮藩の二人の家来は、柳原通りから神田川に架かっている新シ橋に曲がった。

頭巾を被った着流しの侍が現れ、行く手を阻んだ。

二人の家来は、怪訝な面持ちで立ち止まった。

「宇都宮藩御家中の方々ですな……」

着流しの侍は、頭巾の奥の眼に侮りの笑みを滲ませた。

「もし、そうなら何用だ……」

二人の家来は、警戒を露わにした。

「死んでもらう……」

着流しの侍は告げ、二人の家来に滑るように近付いた。

二人の家来は、刀を抜こうとした。

着流しの侍は、遮るかのように抜打ちの一刀を放った。

抜打ちの一刀は閃光となり、二人の家来を鋭く斬り裂いた。

二人の家来は、悲鳴をあげずに斃れた。

着流しの侍は、血に濡れた刀を一振りした。

刃風が短く鳴り、血が飛んだ。

神田川新シ橋で、宇都宮藩の二人の家来が何者かに斬殺された。

町奉行所は辻斬りの仕業だとして調べ始め、町方の者たちは恐ろしそうに囁き合った。

辻斬りではなく挑発だ……。

左近は、宇都宮藩の二人の家来を斬ったのは辻斬りなどではなく、風魔小太郎配下の忍びの者だと睨んだ。

風魔小太郎は、付け火の企てに対する報復を始めたのだ。

膠着状態という束の間の休息は終わった。

殺し合いが再び始まる。

左近は睨んだ。

おそらく、宇都宮藩総目付の黒木主水と二荒の天狗も膠着状態が破れた事に気が付いている。

黒木主水と二荒の天狗はどう出る……。

左近は、宇都宮藩江戸上屋敷の周囲の大名旗本の屋敷と背後に連なる寺の様子を窺った。

風魔小太郎は、配下の忍びの者に宇都宮藩総目付の黒木主水を見張らせている筈だ。

左近は捜した。

下谷七軒町の通りの突き当たり、宇都宮藩江戸上屋敷の東隣の旗本屋敷の屋根に人影はあった。

風魔忍びの見張り……。

左近は見付けた。


宇都宮藩総目付の黒木主水は、配下の家来を従えて宇都宮藩江戸上屋敷を出た。

黒木が動く……。

左近は、宇都宮藩江戸上屋敷の東隣の旗本屋敷の屋根を窺った。

風魔忍びの見張りは既にいなかった。

黒木主水と配下を追った……。

左近は読み、黒木主水と配下を追った。

黒木主水を尾行る者……。

左近は、黒木主水と配下の者の背後を行く者を窺った。

饅頭《まんじゆう》笠を被った雲水《うんすい》、薬売りの行商人、風呂敷包みを担いだお店者《たなもの》と旦那、町娘、道具箱を担いだ大工、浪人……。

向柳原の通りを行く黒木主水と配下の背後には、様々な者が続いていた。

見張っていた風魔忍びは誰だ……。

左近は、黒木主水と配下の後を行く者の足取りを検めた。

黒木主水と配下を追い抜いたりせず、足取りに合わせて歩いている者は二人いた。

饅頭笠を被った雲水と道具箱を担いだ大工が、黒木主水の足取りに合わせて歩いていた。

雲水と大工の二人は風魔忍び……。

左近は見定めた。

二人は、黒木主水の行き先を突き止めようとしている。

黒木主水は、風魔忍びに気が付いているのか……。

もし、気が付いていたり予測していたなら、黒木主水は何らかの手を打っている筈だ。

左近は、黒木主水と配下、二人の風魔忍びが行く通りの左右の町家の家並み、己の背後を窺った。

二荒忍びと思われる人影は何処にもない……。

左近は、微かな戸惑いを覚えた。


「藤堂さま……」

浜松藩大番頭の藤堂嘉門は、配下の片岡兵庫の声に用部屋の戸口を振り返った。

「入れ」

「はっ」

片岡兵庫は、藤堂の用部屋に入って来た。

「如何致した……」

「黒木主水が動きました」

「黒木が……」

「今、手の者共が行き先を突き止めようと尾行ております」

「兵庫、黒木は何処に何をしに行くのかな」

藤堂嘉門は、片岡兵庫の睨みを尋ねた。

「おそらく我が身を囮《おとり》にし、風魔忍びを誘《おび》き寄せようとの罠《わな》かと存じます」

片岡兵庫は、微かな嘲りを浮かべた。

「ならば、黒木の行き先は、千駄ケ谷の宇都宮藩の下屋敷か……」

藤堂嘉門は読んだ。

「おそらく。既に二荒の天狗と忍びの者共が下屋敷に潜み、待ち構えているのでしょう」

片岡兵庫は苦笑した。

「うむ。して、どうする……」

「わざわざ仕掛けて来た罠なら乗ってやりますか……」

片岡兵庫は、不敵な笑みを浮かべた。

「罠に乗る……」

藤堂嘉門は眉をひそめた。

神田川では、水鳥が水飛沫を煌めかせて遊んでいた。

黒木主水は、配下を従えて神田川沿いの道を牛込御門に向かっていた。

饅頭笠を被った雲水と道具箱を担いだ大工は、互いに後先になったり、姿を消したりして巧みに尾行ていた。

黒木主水の行き先は、千駄ケ谷の宇都宮藩江戸下屋敷だ。

左近は睨んだ。

ならば、何をしに下屋敷に行くのだ。

左近は読んだ。

黒木主水は、己を餌にして風魔忍びを下屋敷に誘い出そうとしているのかもしれない。

だとしたら罠だ……。

左近は、黒木主水が風魔忍びに罠を仕掛けたと睨んだ。


神田川は牛込御門から外濠になる。

牛込御門と市ケ谷御門の前を抜け、尚も進むと四ツ谷御門がある。

四ツ谷御門の先の道を西に進むと四ツ谷大木戸になる。そして、四ツ谷大木戸を抜けると内藤新宿《ないとうしんじゅく》になり、追分で甲州街道と青梅街道に分かれる。

甲州街道は旅人や荷駄《にだ》などが行き交い、土埃《つちぼこり》が舞い上がっていた。

黒木主水は、配下の者を従えて甲州街道を千駄ケ谷に進んだ。

雲水と大工は追った。

左近は、雲水と大工を間に置いて黒木主水の尾行を続けた。

黒木主水と配下は、甲州街道から千駄ケ谷町に入り、玉川上水を越えた。そして、千駄ケ谷町を抜けて宇都宮藩江戸下屋敷の土塀と広い田畑の間の道を進んだ。


田畑の緑は、微風に揺れていた。

黒木主水と配下は、宇都宮藩江戸下屋敷の表門に向かった。

風魔忍びの者たちは、饅頭笠を被った雲水と道具箱を担いだ大工の形《なり》をして追い続けて来ている。

下屋敷に入るのを見届けさせ、既に来ている二荒の天狗たちと風魔の襲撃を待ち伏せする……。

黒木主水は、配下を従えて下屋敷の表門に急いだ。

饅頭笠を被った雲水たちが、二列に並んで下屋敷の向こうからやって来た。

尾行して来た雲水と大工は、立ち止まって尾行を止めた。

まさか……。

左近は、素早く畑の緑に入り、身を屈《かが》めて下屋敷の表門に急いだ。
雲水たちの一行は、下屋敷の表門前を過ぎてやって来た黒木主水と配下に近付いた。
黒木主水と配下は、雲水たちの一行と擦れ違った。
刹那、行列の先頭にいた雲水が錫杖《しやくじよう》に仕込んだ直刀を抜き、黒木主水に斬り付けた。
黒木主水は仰け反った。
やはり風魔忍び……。
左近は、畑の緑に忍んで見届けた。
「黒木さま……」
配下の者は仰天《ぎようてん》した。
雲水たちは、仕込み刀を抜いた。
配下は後退《あとずさ》りし、悲鳴をあげて身を翻した。
尾行て来た雲水と大工が、身を翻して逃げた配下の者に苦無を叩き込んだ。
配下の者は、顔を苦しげに歪めて斃れた。
黒木主水は、斬られた肩から血を流して必死に転げ廻った。

雲水たちは、仕込み刀を振るった。
黒木主水は血に塗《まみ》れた。
刹那、手裏剣が雲水たちに飛来した。
雲水たちは、大きく跳び退いて躱した。
宇都宮藩江戸下屋敷の土塀の上に二荒忍びが現れ、雲水たちに襲い掛かった。
殺し合いが始まった。
留守居番の家来たちが現れ、倒れている黒木主水を下屋敷に担ぎ込んだ。
鳥の鳴き声が響き、殺し合いに煙玉が投げ込まれた。
白煙が噴き上がり、雲水たちと二荒忍びたちを覆った。
風魔小太郎……。
左近は、辺りに風魔小太郎を捜した。
だが、その姿は何処にも見えなかった。
煙玉の白煙が薄れた。
雲水や大工に扮した風魔忍びと二荒忍びは、既に姿を消していた。
風魔小太郎は、黒木主水の仕掛けた罠を見破り、先手を打った。
だが、おそらく黒木主水は命を取り留める。

命冥加《みょうが》な……。

左近は、黒木主水の運の強さに苦笑した。

千駄ケ谷の田畑を吹き抜ける風は、煙や血の臭いを涼やかに消していく。

四

黒木主水の企ては風魔小太郎に読まれ、己が深手を負う無惨な首尾に終わった。

二荒の天狗は、配下の忍びに宇都宮藩江戸下屋敷に結界を張らせた。

黒木主水は、全身を斬り裂かれ、左肩の傷が一番の深手だった。だが、幸いな事に致命傷はなかった。

左近が睨んだ通り、黒木主水は命は取り留めるようだ。

黒木主水は、医師の手当てを受けて眠り続けた。

「おのれ、風魔小太郎……」

二荒の天狗は、黒木主水の罠を見破って先手を打った風魔小太郎に凄味を覚えた。

どうしてくれる……。

二荒の天狗は、風魔小太郎の凄味を忘れる為に報復の手立てを思案した。

「そうか、黒木主水、己の仕掛けた罠の裏をかかれ、深手を負ったか……」

陽炎は頷いた。

「うむ。黒木主水が深手を負った今、二荒忍びは江戸屋敷の警備を厳しくし、二荒の天狗は報復の企てに忙しい筈だ。もし、小平太と螢の具合が良ければ、明日にでも江戸を発つのだな」

左近は、陽炎、小平太、猿若、烏坊、螢の秩父忍びに江戸を出る時だと告げた。

「うむ。どうだ、小平太、螢……」

陽炎は尋ねた。

「私は大丈夫です」

螢は身を乗り出した。

「俺も……」

小平太は頷いた。

「うむ。烏坊と猿若はどうだ」

「小平太と螢、具合が悪くなったら俺と猿若が負ぶってやります」

「ええ。任せて下さい」

烏坊と猿若は、秩父に帰るのを喜んだ。

「そうか。ならば左近、明日の朝、我らは江戸を発ち、秩父に帰る……」

陽炎は決めた。

「うむ。ならば途中迄、送ろう……」

左近は笑みを浮かべた。

「よし。猿若、烏坊、荷物を纏《まと》めて出立の仕度をしろ。左近、秩父に帰る道筋は……」

「やはり、板橋《いたばし》から川越《かわごえ》街道だな」

江戸から秩父に行くには、板橋宿から川越街道を進み、途中から所沢《ところざわ》に向かう。そして、所沢から飯能《はんのう》に出て秩父に進む。

「うむ……」

陽炎は頷いた。

猿若、烏坊、小平太、螢は、生まれ育った秩父に帰るのを喜び、声を弾ませて仕度を始めていた。

左近は、陽炎をそれとなく窺った。

陽炎は、喜んでいる螢、小平太、猿若、烏坊を一瞥《いちべつ》して古く小さな百姓家を出た。

夜空には星が煌めき、雑木林には虫の音が溢れていた。

陽炎は、吐息を洩らして星の煌めく夜空を見上げた。

淋しげな横顔だった。

「陽炎……」

「左近か……」

陽炎は、夜空を見上げたまま振り返らなかった。

左近が現れ、陽炎に並んだ。

「若い小平太、猿若、烏坊、螢たちを秩父に無事に帰し、江戸での醜い殺し合いに巻き込まず、静かな暮らしをさせてやる。それが俺の願いだ」

左近は告げた。

陽炎は、夜空を見上げたまま返事をしなかった。

左近の願いは、秩父忍びの再興を志す陽炎の願いに反する事だった。

「すまぬ……」

左近は詫びた。

「詫びられる謂《いわ》れはない……」

陽炎は突き放した。

「陽炎……」

「秩父忍びを棄てた左近が詫びる必要はない。寧ろ秩父忍びでもないお前に助けてもらい、迷惑を掛けた。詫びて礼を云うのは私の方だ……」

陽炎は、左近に頭を下げた。

「陽炎……」

「左近、秩父忍びの再興など、夢の又夢なのかもしれぬ……」

陽炎は淋しげな笑みを浮かべ、古く小さな百姓家に戻って行った。

左近は、陽炎を憐《あわ》れまずにはいられなかった。

星は煌めき、虫は鳴き続けた。


夜明け前。

古く小さな百姓家の戸が開き、左近が出て来た。

左近は、暗い雑木林を見廻した。

暗い雑木林に変わった様子や気配はない。

左近は見定め、古く小さな百姓家に合図をした。

町方の旅人に形《なり》を変えた陽炎、螢、小平太、猿若、烏坊たちが、古く小さな百姓家から出て来た。

「行くぞ……」

左近は告げた。

「よし。猿若、烏坊、殿《しんがり》をな……」

陽炎は、猿若と烏坊に一行の最後尾を任せた。

「心得ました」

猿若と烏坊は頷いた。

「ならば左近……」

「うむ。先導は引き受けた」

左近は、一行の先頭を進んで異変や不審があるかないかを探り、あれば始末する役目を引き受けた。

左近は、鬼子母神に向かって雑木林を進んだ。

陽炎は螢と小平太を庇うように進み、烏坊と猿若が続いた。

烏坊は、名残惜《なごり》しそうに古く小さな百姓家を振り返った。

背中に風魔の手裏剣を受け、逃げ込んだ時の古く小さな百姓家は、恐怖に震える己を優しく落ち着かせてくれた。

「どうした烏坊……」

猿若は、怪訝な面持ちで烏坊を促した。

「う、うん。何でもない……」

烏坊は、古く小さな百姓家に感謝の会釈をして猿若に続いた。

雑木林の梢越しに見える空は、漸く白み始めて来た。


やはり、攻め易いのは西御丸下にある上屋敷より芝三田の中屋敷だ。

二荒の天狗は、浜松藩江戸中屋敷を窺った。

浜松藩江戸中屋敷は、藩主水野忠邦がいた時に詰めていた風魔忍びもいなく、警備は緩んでいた。

今の内に中屋敷に忍び、藩主水野忠邦が来るのを待つか、それとも攻めて騒ぎを起こすか……。

二荒の天狗は昂《たか》ぶり、風魔忍びに対する報復の手立てを思案し続けた。

何れにしろ、宇都宮藩に雇われたのは、老中の浜松藩藩主水野忠邦の命を奪う為だ。

もし、水野忠邦の命を奪い取るのに失敗したら、二荒忍びは秩父忍びと同じように滅びて行くだけなのだ。

そうなれば、虚しく滅び去った総帥二荒幻心斎と白虎、玄武、朱雀、青龍たちに合わせる顔はない。

水野忠邦の命は、何としてでも奪わなければならない……。

それは、どのような侮りや辱《はずかし》めを受けてでも遣り遂げなければならぬ事なのだ。

二荒の天狗は、次第に冷静さを取り戻した。

風魔忍びに対する一番の報復は、水野忠邦の命を奪う事なのだ。

二荒の天狗は気が付いた。

水野忠邦の命は必ず奪う……。

二荒の天狗は、暗い眼をして薄く笑った。

「そうか、黒木主水、辛うじて命は取り留めたか……」

藤堂嘉門は小さく笑った。

「はい。申し訳ありません」

片岡兵庫は、止めを刺せなかったのを詫びた。

「うむ。して兵庫、二荒の天狗は如何致しているのだ」

「千駄ケ谷の下屋敷に。おそらく我らへの報復を企てているのでしょう」

片岡は苦笑した。

「兵庫、侮りは禁物《きんもつ》……」

藤堂は、片岡に鋭い眼差しを向けた。

「はっ……」

片岡は頷いた。

「黒木が深手を負った今、追い詰められた二荒の天狗、どのような手立てで我が殿のお命を狙ってくるのか……」

「殿のお命を奪うのが、風魔忍びに対する一番の報復ですか……」

片岡は読んだ。

「左様。兵庫、殿の身辺の警護、抜かりはあるまいな」

「はい。御懸念なく。殿の身辺には選りすぐりの手練れを付けてあります」

片岡は頷いた。

「よし。ところで兵庫、日暮左近は如何致しているのだ」

「それが、二荒忍びの此の上屋敷に対する火攻めを防いでくれ、此度も千駄ケ谷の宇都宮藩江戸下屋敷前の畑に忍び、手出しをせずに見ておりましたが……」

片岡は告げた。

「火攻めを防ぎ、手出しをせずか……」

藤堂は苦笑した。

「日暮左近、黒木主水と二荒の天狗たちが秩父忍びを我が殿闇討ちの道具にしたのを怒っての所業かと……」

「うむ。黒木主水と二荒の忍び、秩父忍びを侮り、恐ろしい者を敵に廻したようだ」

藤堂は冷ややかに笑った。

「はい。日暮左近、どうやら並の忍びの者とは違うようですな」

忍びの者は、〝情〟や〝義〟よりも〝利〟を優先して仕事を引き受けるのが普通だ。だが、左近は〝利〟より〝情〟や〝義〟を優先する男のようだ。

片岡は、己の睨みを告げた。

「うむ。日暮左近、此からどう動くつもりなのか……」
藤堂は眉をひそめた。

板橋宿からの道中に異変はない。
左近は、辺りを窺いながら川越街道を進んだ。
川越街道に異常はなく、行き交う旅人に不審者はいなかった。
二荒忍びや風魔忍びの気配は、街道筋の何処にも窺えなかった。
陽炎、螢、小平太、猿若、烏坊たちは、左近の先導で街道を進んだ。
螢、小平太、猿若、烏坊の足取りは、秩父に近付くにつれて軽く弾んだ。
陽炎の顔には、漸く安堵の笑みが浮かび始めていた。
今や懸念するのは、小平太と螢の体力だけなのだ。
陽炎は一刻《いっとき》（二時間）歩いては休息を取り、決して無理はしなかった。
どうやら、所沢には何事もなく無事に着けそうだ。
左近は、微かな安堵を覚えた。

日は暮れた。

御曲輪内西御丸下の浜松藩江戸上屋敷は、風魔小太郎の采配の許に風魔忍びが厳しい結界を張っていた。

風魔小太郎は、頭巾を被り袖無し羽織を纏って表御殿の大屋根に大きな鳥のように留まっていた。

今のところ、上屋敷に異変はない。

風魔小太郎は見定め、表御殿の大屋根を蹴って袖無し羽織を翼のように翻し、怪鳥《けちょう》のように飛んだ。そして、奥御殿の大屋根に降り、周囲の闇を窺った。

奥御殿には、藩主の水野忠邦と正室や嫡子、側室たちが眠っている。

異常はない……。

だが、油断は出来ない。

二荒の天狗は、何処からどのような手立てで水野忠邦の首を獲りに来るのか……。

風魔小太郎は、奥御殿の大屋根から周囲の闇を警戒した。

浜松藩江戸上屋敷には風魔忍びの結界が張り巡らされ、忍び込むのは容易ではない。

仮に忍び込めたとしても、風魔忍びが直ぐに殺到して来るのは眼に見えている。

二荒の天狗は、己の睨みに苦笑して西御丸下の暗がりから消えた。


月影は小川の流れに揺れていた。

小川には小さな橋が架かっており、袂に古い木賃宿があった。

陽炎は、傷が癒えたばかりの小平太と螢の身体を案じ、所沢の木賃宿に泊まる事にしたのだ。

木賃宿の板の間には小さな明かりが灯され、様々な客たちの鼾《いびき》に満ちていた。

陽炎、螢、小平太、猿若、烏坊は、板の間の片隅で軽い寝息を立てていた。

左近は、無明刀を抱えて板壁に寄り掛かり、眼を瞑《つむ》っていた。

明日の朝、陽炎たちが所沢を出立するのを見届けて江戸に戻る。

左近はそう決めていた。

刻は過ぎた。

不意に殺気が湧いた。

左近は、瞑っていた眼を静かに開けた。

板の間の小さな明かりは、眠っている人々を仄《ほの》かに照らしていた。

殺気は、木賃宿の外から放たれていた。
何者だ……。
殺気は俺に放たれたのか、それとも陽炎たちに向かってのものなのか……。
もし、陽炎たちに放たれた殺気なら正体を見定め、始末しなければならない。
左近は、立ち上がろうとした。
一瞬早く、奥の部屋から男が現れ、音もなく土間に降りて木賃宿から出て行った。
まさか……。
左近は立ち上がった。

外には小川のせせらぎが響いていた。
左近は、木賃宿を出て雑木林を窺った。
暗い雑木林に殺気が満ちていた。
殺気は、左近や陽炎たちに放たれたものではなかったのだ。
左近は、雑木林に踏み込んだ。
暗い雑木林では、四人の袴姿の侍が木賃宿から出て行った男を取り囲んでいた。

左近は、己の気配を消して見守った。

四人の侍たちは、取り囲んだ男に猛然と斬り掛かった。

男は、四人の侍たちの白刃を掻い潜って素早く動いた。

白刃が煌めき、激しく交錯した。

血の臭いが湧いた。

男は、四人の侍たちの間を巧みに抜けた。

四人の侍たちは、ゆっくりと崩れ落ちた。

忍び……。

左近は、四人の侍の間を抜けた男の手に苦無が握られているのを見届けた。

恐るべき手練れ……。

左近は、微かな緊張を覚えた。

殺気は消えた。

左近は、四人の侍を斃した男が木賃宿に戻ったのを見送った。しかし、その顔を見定める事は叶《かな》わなかった。

左近は、倒れている四人の侍に駆け寄った。

四人の侍は、首の血脈を刎ね斬られ、急所を一突きにされていた。

一人の侍だけが、未だ微かに息があった。
「誰だ。おぬしたちを斃したのは何者だ」
左近は、微かに息のあった侍に訊いた。
「ふ、二荒忍び……」
微かに息のあった侍は、苦しげに言い残して事切れた。
二荒忍び……。
左近は、四人の侍を苦無一つで鮮やかに斃した男が二荒忍びだと知った。
二荒忍びと四人の侍が、どうして殺し合ったのかは分からない。
はっきりしているのは、二荒忍びの新手が現れたという事だ。
二荒忍びの新手は、江戸に向かっているのか、それとも江戸から来たのか……。
江戸から来たのなら、陽炎たちの追手なのかもしれない。
何れにしろ見届けなければならない……。
左近は、木賃宿を窺った。
木賃宿の汚れた腰高障子には、小さな明かりが微かに映えていた。
今戻ると、二荒忍びに不審を抱かせる。
左近は、木賃宿の納屋の屋根に跳んだ。

小川のせせらぎは、夜の闇に軽やかに響いていた。


夜明け前、木賃宿の亭主は腰高障子を開けた。

旅人たちは、顔を洗って朝飯を作り始めた。

左近は井戸端で顔を洗い、朝飯を作り始めた客たちに二荒忍びを捜した。

だが昨夜、四人の侍を斃した二荒忍びらしき男はいなかった。

「何かあったのか……」

陽炎は、左近に怪訝な眼を向けた。

「昨夜、四人の侍が雑木林で殺された」

左近は、暗い雑木林を示した。

「四人の侍が。殺《や》ったのは……」

陽炎は眉をひそめた。

「分からぬ……」

陽炎に二荒忍びと、教えない方が良い。

左近は惚《とぼ》けた。

「そうか……」

「何れにしろ陽炎、お前たちには拘《かかわ》りはない。朝飯を食べ、皆を連れて早立ちをしろ」

　左近は告げた。

「左近、やはり一緒に来れぬか……」

　陽炎は、左近に縋《すが》る眼を向けた。

「陽炎、俺にはやらねばならぬ事がある……」

「そうか……」

　陽炎は、淋しげに項垂《うなだ》れた。


　陽炎たちは、飯能に向かって早立ちした。

　左近は、田舎道に出て見送った。

　螢、小平太、猿若、烏坊は、名残《なごり》惜しそうに何度も振り返って手を振った。

　陽炎は、別れの言葉を残さず立ち去った。

　左近は、見送りながら後に続く者を眺めた。

　木賃宿の客で陽炎たちに続く者は、三峰山《みつみねさん》参詣の者たちだけだった。

　左近は、殺気を放った。

三峰山参詣の者たちの中に、殺気に反応する者はいなかった。
不審な者はいない……。
左近は見定め、木賃宿に戻った。

第三章　二荒忍び

一

木賃宿では、朝飯を終えた客たちが出立《しゅったつ》し始めていた。
左近は、木賃宿の屋根に忍んで出立して行く客たちを見守った。
雲水と行商人夫婦は、木賃宿の亭主に別れを告げて江戸に出立した。
渡世人と薬草採りの年寄りは、飯能に向かった。
左近は、出立する客たちに殺気を放った。
出立する客たちに、左近の放つ殺気に反応を示す者はいなかった。
昨夜の二荒忍びはいないのか……。
左近は戸惑った。

木賃宿から最後の客が出て来た。
最後の客は、旅姿の尼僧《にそう》と荷物を担いだ下僕《げぼく》の老爺《ろうや》だった。
尼僧と老爺は、木賃宿の亭主と言葉を交わして江戸に向かった。
木賃宿の亭主は、手を合わせて尼僧と下僕の老爺を見送った。
左近は、念の為に尼僧と下僕の老爺の背に殺気を放った。
下僕の老爺は、歩きながら僅かに背後を振り返った。
左近は、咄嗟に伏せた。
下僕の老爺は、微かな戸惑いを浮かべて尼僧に続いた。
殺気に反応する者がいた……。
尼僧の下僕の老爺は、確かに左近の殺気に気が付いて振り返ったのだ。
二荒忍び……。
左近は、尼僧と下僕の老爺が二荒忍びだと見定めるため、木賃宿の亭主に近付いた。
「亭主、あの尼僧、何方《どなた》だ……」
左近は尋ねた。
「は、はい。あの尼さまは、八百比丘尼《やおびくに》さまの生まれ変わりと噂されている春《しゅん》妙尼《みように》さまにございます……」

　亭主は、去って行く春妙尼と下僕に手を合わせた。

「八百比丘尼の生まれ変わりの春妙尼……」

　左近は眉をひそめた。

「はい。春妙尼さまは、下僕の玄平《げんぺい》さんをお供に八百比丘尼さま同様、各地を巡《めぐ》り、病などで苦しむ者に功徳《くどく》を施すありがたい尼さまにございます」

「そうか、春妙尼か……」

　左近は、亭主に別れを告げて春妙尼と下僕の老爺玄平を追った。


　街道には旅人が行き交い始めていた。

　春妙尼と荷物を担いだ老僕の玄平は、川越街道に向かっていた。

　川越街道に出て江戸に向かうのか……。

　左近は尾行《つけ》た。

　尼僧と老僕の足取りは緩やかであり、左近は慎重な尾行を強いられた。

　八百比丘尼とは、若狭《わかさ》国に伝わる歳を取らない不老不死の伝説の尼僧だ。

　左近は、八百比丘尼の伝説を知っていた。

八百比丘尼は、十六、七歳の頃に人魚の肉を食べて不老不死になり、八百歳の長命を保ったとされている。

老僕の玄平を従えて行く春妙尼は、その八百比丘尼の生まれ変わりと噂されているようだ。

不老不死の八百比丘尼の生まれ変わりとは、素直に納得出来るものではない。徒《ただ》でさえ人魚がいるとは思えず、その肉を食べて不老不死になった八百比丘尼などはありえる筈もない。まして八百比丘尼の生まれ変わりなどとは笑止《しょうし》な話だ。

左近は、春妙尼と老僕玄平を追った。

春妙尼と老僕玄平が二荒忍びなら、江戸に行くのは二荒の天狗と逢うためなのかもしれない。

左近は読んだ。

二荒の天狗は、宇都宮藩総目付の黒木主水を斃され、春妙尼と老僕玄平を呼び寄せたのかもしれない。

老僕玄平は、四人の侍を一瞬にして斃した手練れだ。

もしそうなら、春妙尼は女忍びであり、かなりの遣い手と見て違いないのだ。

左近は、春妙尼と老僕玄平を追った。

埒《らち》が明かない……。

浜松藩大番頭の藤堂嘉門は、大番組配下の片岡兵庫を用部屋に招いた。

「お呼びですか……」

「二荒の天狗、鳴りを潜めたようだな」

「はい。きっと次に打つ手を企てているのでしょう」

片岡は苦笑した。

「正面からではなく、搦《から》め手《て》から来るか……」

藤堂は読んだ。

「おそらく……」

片岡は頷いた。

「殿に毒を盛るか、家中に刺客を潜り込ませるか……」

「はい……」

「備えは出来ているな」

藤堂は、片岡を見据えた。

「云われる迄もなく……」

「よし。ならば我らも手を拱《こまぬ》いているだけではなく、先手を打つか……」

藤堂は、片岡に笑い掛けた。

「面白いですな……」

片岡は、楽しそうな笑みを浮かべた。

「よし。ならば早々に企てるのだな……」

藤堂は命じた。

「申し上げます……」

取次ぎ役の家来が、藤堂の用部屋にやって来た。

「何用だ……」

「はい。只今、藤堂さまを訪ねて駿河《するが》国沼津《ぬまづ》藩笹岡《ささおか》郡兵衛《ぐんべえ》さまと申される方がお見えになっておりますが……」

取次ぎの家来が告げた。

「沼津藩の笹岡郡兵衛……」

藤堂は、微かな戸惑いを浮かべた。

「はい。使者の間でお待ちいただいておりますが、此方《こちら》にお通し致しますか……」

「いや。私が使者の間に行く……」

「藤堂さま、笹岡郡兵衛さま、御存知なのですか……」

片岡は眉をひそめた。

「笹岡郡兵衛、沼津藩のかつての大番頭だ……」

「沼津藩の……」

片岡は、緊張を過《よ》ぎらせた。

「うむ……」

かつて駿河国沼津藩の藩主の水野出羽守忠成は老中として権勢《けんせい》を振るった。そして、水野忠邦はその水野忠成を蹴落とした。藤堂を訪ねて来た笹岡郡兵衛は、その当時の沼津藩大番頭だった。

藤堂と笹岡は、藩主の親衛隊である大番頭同士として二、三度逢った事があった。そして、笹岡郡兵衛は水野忠成失脚と共に大番頭を辞め、国許に帰ったとされていた。

「その元沼津藩大番頭の笹岡郡兵衛さまが藤堂さまに何用が……」

「とにかく逢うしかあるまい。片岡、一緒に参れ……」

藤堂は、片岡と取次ぎの家来を従えて笹岡郡兵衛の待つ使者の間に向かった。

「お待たせ致しました……」

取次ぎの家来は、使者の間に声を掛けて襖を開けた。

藤堂嘉門は、使者の間に入って眉をひそめた。

「片岡……」

「はっ……」

片岡兵庫は、使者の間に入った。

使者の間には藤堂の他に誰もいなく、出された茶があるだけだった。

「藤堂さま……」

片岡は緊張した。

「うむ……」

片岡は、素早く使者の間と庭を検めた。

笹岡郡兵衛は何処にもいなかった。

「その方、笹岡郡兵衛を間違いなく此の使者の間に通したのだな」

藤堂は、取次ぎの家来に念を押した。

「はい……」

取次ぎの家来は、怯えを滲ませて頷いた。

「藤堂さま……」

片岡は、使者の間の天井の隅を示した。

天井の隅の天井板が僅かにずれていた。

「うむ……」

藤堂は、厳しい面持ちで片岡に頷いた。

片岡は、素早く使者の間から出て行った。

「急ぎ大番組の者を呼べ……」

藤堂は、取次ぎの家来に命じた。

「はっ……」

取次ぎの家来は出て行った。

藤堂は、使者の間の天井板の僅かなずれを見詰めた。

何者かが、沼津藩の笹岡郡兵衛の名を騙《かた》って浜松藩江戸上屋敷に入った。そして、屋敷内の何処《どこ》かに消えた。

おそらく二荒忍び……。

二荒忍びが、殿の首を狙って浜松藩江戸上屋敷の何処かに潜んだのだ。

「おのれ……」

藤堂は、微かな焦りを覚えた。


片岡兵庫は、姿を消した笹岡郡兵衛を二荒忍びと睨み、風魔忍びの者に江戸上屋敷の隅々《すみずみ》迄を急ぎ検めるように命じた。そして、主だった者に水野忠邦のいる奥御殿を念入りに検めろと告げた。

風魔忍びの者たちは、浜松藩江戸上屋敷に散った。

表御殿、奥御殿、連なる侍長屋や中間長屋、そして広大な庭……。

探索する場所は多くて広い。

風魔忍びの者たちは、探索を急いだ。

そして、水野忠邦の護りを固くしなければならない。

探索と護り……。

風魔忍びの者たちは、潜り込んだ二荒忍び一人に動きを封じられた。

風魔忍びの浜松藩上屋敷の探索は続いた。だが、二荒忍びは上屋敷の何処に潜んだのか、容易に見付ける事は出来なかった。

潜り込んだ二荒忍びを始末しない限り、攻撃の手は鈍るのだ。

片岡は苛立ち、芝三田の江戸中屋敷に詰めている風魔忍びを呼び寄せた。

二荒の天狗は笑った。

配下の二荒忍び一人を浜松藩江戸上屋敷に忍び込ませ、風魔小太郎を始めとした風魔忍びたちの動きを封じた。だが、それは水野忠邦のいる奥御殿の警備を厳しくする事に他ならない。

今は風魔忍びを封じる時……。

二荒の天狗は、風魔忍びの動きを封じたのを見定めて芝三田の浜松藩江戸中屋敷に急いだ。

江戸湊は白浪を立たせ、潮騒を響かせていた。

二荒の天狗は、浜松藩江戸中屋敷を眺めた。

浜松藩江戸中屋敷に風魔忍びの結界はなく、警戒は緩んでいた。

おそらく風魔忍びの半分は、上屋敷の警戒に呼ばれて行ったのだ。

二荒の天狗は読み、嘲笑を浮かべた。

よし……。

二荒の天狗は、中屋敷の土塀の上に跳んだ。そして、中屋敷に侵入した。

二荒の天狗は、中屋敷の前庭から表御殿に進んだ。

手裏剣が唸りをあげて飛来した。

二荒の天狗は、背負っていた手鉾《てぼこ》を縦横に振るった。

身幅四寸程の両刃の手鉾は、飛来した手裏剣を弾き飛ばした。

二荒の天狗は地を蹴って跳び、式台《しきだい》の屋根にいた風魔忍びに襲い掛かった。

風魔忍びは、忍び刀を抜いて二荒の天狗の手鉾を頭上で受けようとした。だが、斬り下げられた手鉾は、忍び刀ごと風魔忍びの頭を両断した。

血が飛び散った。

数人の風魔忍びが現れ、二荒の天狗に手裏剣を放った。

二荒の天狗は、表御殿の大屋根に跳んで手裏剣を躱した。

風魔忍びは、忍び刀を構えて二荒の天狗に殺到した。

二荒の天狗は、殺到する風魔忍びたちを手鉾で次々と斬り棄てた。

手鉾は唸りをあげて閃き、血が飛び散った。

二荒の天狗は、嬉しげな笑みを浮かべて手鉾を唸らせた。

川越街道に風が吹き抜け、土埃が舞い上がった。

旅人たちは笠を傾け、土埃に背を向けて行き交っていた。

春妙尼と老僕玄平は、笠を目深に被って先を急いだ。

左近は充分な距離を取り、春妙尼と老僕玄平を慎重に追った。

江戸は近い。


浜松藩江戸中屋敷は、二荒の天狗に無惨に蹂躙《じゅうりん》された。

藤堂嘉門は、急報を受けて静かな怒りを燃やした。

静かな怒りは、中屋敷が蹂躙された事は勿論だが、上屋敷に二荒忍びを送り込まれて探索と警護に振り廻されている事などが、二荒の天狗の企みだからだった。

おのれ、二荒の天狗……。

藤堂は、悔しさと無念さに静かな怒りを燃やした。

「片岡、笹岡郡兵衛の名を騙って入り込んだ二荒忍び、未だ見付からないのか……」

藤堂は、苛立ちの滲んだ眼で片岡兵庫を見据えた。

「はっ。申し訳ありません……」

風魔忍びたちは、江戸上屋敷の表御殿と奥御殿、侍長屋に中間長屋などを探索し尽くし、庭を調べていた。だが、二荒忍びは見付かっていなかった。

「おのれ……」

「藤堂さま。最早、罠を仕掛けて誘き出すしかありますまい……」

「罠だと……」

「はい……」

「餌は……」

藤堂は眉をひそめた。

「二荒忍びが一番欲しがっているもの……」

片岡は、その眼を光らせた。

「何……」

藤堂は、片岡の罠の餌が何か気が付き、微かに狼狽《うろた》えた。

「餌が出て来れば、二荒忍びは必ず現れます」

「そこで始末するか……」

「はい……」

「片岡、万が一にも餌に危害が及ぶ事はあるまいな……」

藤堂は、片岡を厳しく見据えた。

「それはもう、我が身に代えても……」

片岡は頷いた。

此《こ》のままでは、風魔忍びは身動きが取れず、二荒の天狗の思いのままにしてやられる。

それを阻止するには、二荒忍びが欲しがっているものを餌にして誘き出すしかないのだ。

「よし。片岡、罠を掛ける仕度を致せ……」

藤堂は決断した。


不忍池《しのばずのいけ》に夜風が吹き抜け、水面に小波《さざなみ》が走った。

春妙尼と荷物を担いだ老僕の玄平は、不忍池の西側の畔《ほとり》を進んだ。

何処に行くのだ……。

左近は、春妙尼と玄平を追った。

春妙尼と玄平の足取りに乱れはなく、疲れた様子も見受けられなかった。

左近は尾行《つけ》た。

春妙尼と玄平は、不忍池の畔に建つ古寺の裏の小道に入った。そして、慣れた足取りで土塀沿いの小道を進み、古寺の裏門を潜って行った。

此処か……。

左近は足を止めた。

古寺の大屋根は、月明かりに蒼白く輝いていた。

左近は、土塀の上に跳びあがり、古寺の裏庭を見廻した。

春妙尼と玄平は、裏庭の隅にある小さな庵《いおり》に入って行った。

左近は、辛うじて見届けた。

小さな庵に明かりが灯された。

春妙尼と玄平の江戸での住処《すみか》……。

左近は見定めた。

夜の不忍池に鳥の鳴き声が響いた。

浜松藩江戸上屋敷に微かな緊張が湧いた。

藩主水野忠邦が庭を散策すると、急に云い出したのだ。

近習《きんじゅう》の者たちは、慌てて大番組などに報せて警備の態勢を取ろうとした。

水野忠邦は、構わず小姓《こしょう》一人を従えて庭に向かった。

近習の者たちが慌てて追った。

殿が庭にお出になる……。

囁きが江戸上屋敷に一気に広まり、家臣たちに緊張が走った。


水野忠邦は、家臣たちの緊張をよそに庭に出た。そして、泉水にいる鯉に餌をやりながら太鼓橋にあがった。

太鼓橋を渡ると小さな中ノ島があり、四阿《あずまや》がある。

水野忠邦は、太鼓橋の上から泉水の鯉に餌を撒いた。

近習や大番組の者たちが駆け付け、忠邦の護りを固めようとした。

刹那、泉水の中から忍びの者が飛び出した。

忠邦は狼狽えた。

忍びの者は、苦無を握り締めて忠邦に襲い掛かった。

二荒忍びだ。

小姓が悲鳴をあげ、近習と大番組の者たちは慌てた。

二荒忍びは、逃げようとする忠邦を捉《つか》まえて苦無を叩き込んだ。

忠邦は仰け反り、血を飛ばした。

やった……。

二荒忍びは喜んだ。

元沼津藩大番頭笹岡郡兵衛を騙って浜松藩江戸上屋敷に潜り込み、泉水に潜んで風魔忍びの探索を必死に躱した甲斐《かい》があったのだ。

次の瞬間、二荒忍びと忠邦に向かって風魔忍びの手裏剣が無数に飛来した。

無数の手裏剣は、忠邦がいるにも拘らず躊躇《ためら》いなく周囲から飛来したのだ。

二荒忍びと忠邦は、全身に手裏剣を受けた。

忠邦の影武者……。

二荒忍びは、遠退く意識の中で忠邦が自分を誘き出す餌の影武者だと気が付いた。

おのれ……。

二荒忍びは、意識を失って泉水に落ちた。

水飛沫が煌めいた。

二

泉水は赤い血に染まり、二荒忍びの死体が浮いた。

近習と大番組の者たちは、泉水の畔で息を呑んで見守った。

「引き上げろ……」

片岡兵庫は命じた。

大番組の者たちが、泉水から二荒忍びの死体を引き上げた。

二荒忍びは、全身に手裏剣を受けて絶命していた。

「面倒を掛けおって……」

片岡は、二荒忍びの死を見定めた。そして、太鼓橋の上に倒れている忠邦の影武者の許に進んだ。

忠邦の影武者は、やはり全身に手裏剣を受けて絶命していた。

ご苦労だった……。

片岡は手を合わせた。

「二荒忍び、片付いたか……」

藤堂嘉門がやって来た。

「はい。漸《ようや》く……」

「よし。此の者を手厚く葬ってやれ……」

藤堂は頷き、影武者の死体に手を合わせて大番組の者に命じた。

藤堂と片岡は、風魔忍びの者を水野忠邦の影武者に仕立てて餌とし、江戸上屋敷に忍んだ二荒忍びを誘き出して斃した。

泉水を染めた赤い血は薄れ、何事もなかったかのように鯉が跳ねた。


不忍池の畔の古寺には、住職の読む経が朗々と響いていた。

裏庭の小さな庵の障子には、揺れる木洩れ日が映えていた。

左近は見張った。

老僕の玄平が、小さな庵から出て来た。

左近は、己の気配を消して見守った。

老僕の玄平は、裏門に向かった。

出掛ける……。

左近は、裏門を出て行く老僕の玄平を追った。

千駄ケ谷の田畑の緑は微風に揺れ、陽差しに煌めいていた。

宇都宮藩江戸下屋敷は、人の出入りもなく静まり返っていた。

表門の南の辻には行商の鋳掛屋が店を開き、鍋釜の底の穴の修理などをしていた。そして、下屋敷の表や裏の田畑では百姓たちが野良仕事に精を出していた。

鋳掛屋と百姓たちは二荒忍びの見張り……。

片岡兵庫は見抜いた。

宇都宮藩江戸下屋敷の警備は緩かった。

おそらく二荒の天狗は、風魔忍びが潜入した二荒忍びの探索と警戒に追われ、襲撃する余裕はないと読んでいる。

それ故《ゆえ》の警備の緩やかさなのだ。

片岡兵庫は睨み、嘲笑を浮かべた。

宇都宮藩江戸下屋敷の北、千駄ケ谷町玉川上水の方から小者姿の年寄りがやって来た。

小者姿の年寄りは、宇都宮藩江戸下屋敷の表門脇の潜り戸を叩いた。

潜り戸が開き、中間《ちゅうげん》が顔を見せた。

小者姿の年寄りは、中間に何事かを告げて潜り戸を入った。

何処かの使いの者か……。

片岡は読んだ。


やはり、玄平は二荒忍びのいる宇都宮藩江戸下屋敷を訪れた。

左近は、千駄ケ谷町の外れから見届けた。

おそらく玄平は、二荒の天狗に逢いに来たのだ。

左近は読み、下屋敷とその周囲を窺った。

下屋敷の警備は緩かった。だが、前の広い畑には人の潜む気配があった。

江戸を離れた間に、二荒忍びと風魔忍びの間に何かがあったのかもしれない。

左近は読んだ。

何《いず》れにしろ、下屋敷の警備が緩いのは都合が良い。

左近は、下屋敷の土塀の屋根に跳んだ。そして、土塀の屋根を蹴って厩の屋根に跳んだ。

厩の屋根の上には、見張りの二荒忍びはいなかった。

左近は、屋根に忍んで下屋敷内を窺った。

下屋敷内に人影はなく、見張りや見廻りの家来はいなかった。だが、表門、表御殿、奥御殿の屋根には二荒忍びが潜み、周囲の警戒をしていた。

左近は見定め、厩の裏手に飛び下りた。そして、厩の陰から走り出て、内塀を越えて表御殿の庭の植込みの陰に忍んだ。

老僕の玄平は、表御殿の何処かで二荒の天狗と逢っている筈だ。

左近は、植込みの陰を出た。そして、一陣の風が吹き抜けるかの如くの素早さで表御殿の濡縁《ぬれえん》から縁側に進み、空いている座敷に忍び込んだ。

左近は、空いている座敷の隅の鴨居に跳び、天井板をずらして天井裏に忍び込んだ。

薄暗い天井裏には鳴子《なるこ》が張り巡らされ、縦横に組まれている梁《はり》には撒《ま》き菱《びし》が撒かれていた。

二荒忍びは抜かりなく護りを固めていた。だが、その護りを固めたという思いが、油断に繋がるのだ。

左近は、鳴子を躱《かわ》し、梁に撒かれた撒き菱を退《ど》かして表御殿の用部屋の上に向かった。

宇都宮藩江戸下屋敷の絵図面は、かつて於福丸を護って立て籠もった時に頭に入れてある。

左近は、二荒の天狗が用部屋の一つを使っており、玄平と逢っていると読んだ。

幾つか並んでいる用部屋の一つから男の話し声が聞こえた。

左近は、己の気配を消して話し声の聞こえる用部屋の上に忍んだ。そして、梁に脚を絡めて逆さにぶら下がり、耳を天井板に近付けて五感を集中した。

「して天狗、風魔忍びは浜松藩江戸上屋敷に潜り込んだ二荒忍びを見付けられず、護りを固めているのか……」

玄平の声がした。

「如何《いか》にも、それで護りの手薄になった芝三田にある浜松藩の中屋敷に斬り込み、思い知らせてやった」

二荒の天狗の声には、嘲りが含まれていた。

「それは良いが、天狗。御館《おやかた》は、肝要なのは水野忠邦の首を獲る事であり、風魔忍びと殺し合う事ではないとの仰せだ」

「御館が……」

「ああ……」

「しかし玄平、風魔の忍びがいる限り、水野忠邦の首を獲るのは容易ではないのだ」

二荒の天狗の声には、苛立ちが含まれていた。

「ならば天狗、水野忠邦の首を獲る役目、此の七化《ななば》けの玄平が代わっても良いぞ」

玄平の声には、冷ややかさが滲んでいた。

「玄平、それには及ばぬ……」

二荒の天狗の苛立ちは、怒りに変わった。

「そうかな……」

玄平は苦笑した。

刹那、鋭い殺気が衝き上げた。

左近は、咄嗟に逆さまの頭をあげた。

刃が天井板を貫いた。

玄平が、天井裏に忍んでいる人の気配に気付いたのだ。

左近は、梁の上に戻った。

手裏剣が飛来した。

左近は、咄嗟に柱の陰に隠れた。

手裏剣は、柱に突き刺さった。

二荒忍びだ。

屋根裏の隅に現れた二荒忍びは、敵を防ぐ鳴子と撒き菱に素早さを封じられていた。

左近は苦笑し、柱に突き刺さった手裏剣を取って二荒忍びに放った。

二荒忍びは躱す間もなく、胸に己の手裏剣を受けて鳴子の上に崩れた。

鳴子が激しく鳴り響いた。

最早、鳴子を気にする必要はない……。

左近は、苦無で張り巡らされた鳴子の紐を斬り棄て、撒き菱の撒かれていない梁を自由に選んで走った。そして、屋根裏の隅から破風《はふ》を蹴破った。

陽差しが一気に溢れた。

左近は、蹴破った破風から明るい外の屋根に飛び出した。

表御殿の屋根にいた二荒忍びは、破風から飛び出した左近に斬り掛かった。

左近は、無明刀を横薙ぎに一閃した。

二荒忍びは、胸を横薙《な》ぎに斬られて倒れた。

剣は瞬速……。

左近は、表御殿の屋根を走った。

二荒忍びが行く手に現れた。

左近は、走るのを止めずに無明刀を閃かせた。

二荒忍びが倒れ、屋根から転げ落ちた。

左近は、表御殿の屋根を走ってその端を蹴り、厩の屋根に大きく跳んだ。そして、土塀の屋根に跳び、通りに飛び下りた。


日暮左近……。

宇都宮藩江戸下屋敷前の畑に潜んでいた片岡兵庫は、土塀から飛び下りて来た左近に気が付いて眉をひそめた。

左近は、素早く駆け去った。

下屋敷から留守居番の家来たちが現れ、辺りを見廻した。

面白い……。

片岡は、左近を追った。

用部屋の庭先には、屋根から落ちて来た二荒忍びの死体があった。

「おのれ、風魔忍び……」

二荒の天狗は熱《いき》り立った。

「いや、風魔忍びではあるまい……」

玄平は、厳しい面持ちで告げた。

「違う……」

二荒の天狗は、玄平に怪訝な眼を向けた。

「そうだ。如何に結界が緩んでいたとしても、表御殿の天井裏に忍び込み、隠《おん》形《ぎょう》をしていた。それ程の手練れ、風魔忍びでは総帥の風魔小太郎ぐらいの筈だ……」

玄平は読んだ。

「だとしたら何者だ……」

「天狗、江戸に戻る途中、所沢の木賃宿に泊まったのだが、出立する時、俺に殺気を放った者がいた」

「ああ。だが、直ぐに消えたので気の所為《せい》だと思ったのだが、そいつかも知れぬ……」

「殺気……」

玄平は読んだ。

「玄平、所沢の木賃宿か……」

「ああ……」

「所沢から飯能、秩父……」

二荒の天狗は、秩父忍びの日暮左近を思い浮かべた。

「うむ。天狗、何か心当たりがあるのか……」

「玄平、秩父忍びの日暮左近かもしれぬ」

「日暮左近……」

玄平は眉をひそめた。


旅人たちが行き交っていた。

左近は、甲州街道から追分、内藤新宿を出て四ツ谷大木戸を抜けた。そして、外濠に架かっている四ツ谷御門に進んだ。

外濠では水鳥が遊んでいた。

左近は、追って来る者の気配に気付き、外濠の傍に佇んで振り返った。

浜松藩大番組の片岡兵庫は、身を隠しもせずに佇んでいた。

「やあ、片岡どのでしたか……」

左近は笑い掛けた。

「日暮どのが宇都宮藩江戸下屋敷から出て来るのを見掛けましてね……」

片岡は、笑みを浮かべて左近に近付いた。

「そうでしたか……」

左近は苦笑した。

「して、二荒の天狗は何をしていましたかな」

「玄平という二荒忍びの者が訪れ、逢っていましたよ」

「玄平、ひょっとしたら小者の形《なり》をした年寄りですか……」

片岡は、宇都宮藩江戸下屋敷に入って行った小者姿の年寄りを思い出した。

「ええ。年寄りに扮していますが、本当は若く、かなりの手練れ……」

左近は、玄平が年寄りに扮しているのを見抜いていた。

「そうですか……」

片岡は頷いた。

「ところで片岡どの、二荒忍びに潜り込まれ、上屋敷はいろいろ大変だと聞いたが……」

「ええ。漸く始末をしました……」

片岡は苦笑した。

「それは重畳《ちょうじょう》……」

「して日暮どのは、何故に宇都宮藩の下屋敷に……」

「秩父忍びの者たちの穏やかな暮らしを護る為……」

左近は微笑んだ。

「秩父忍びの穏やかな暮らしを護る……」

片岡は、戸惑いを浮かべた。

「左様。宇都宮藩総目付の黒木主水と二荒の天狗は、秩父忍びの娘を人質にして、秩父忍びの僅かな生き残りに水野忠邦の首を獲れと命じた。だが、秩父忍びは風魔忍びに護られた忠邦の首は獲れず、傷付き滅びる寸前に追い込まれた」

「そうでしたか……」

「黒木主水と二荒忍び、此のまま放って置けば、いつ又秩父忍びに禍《わざわい》を及ぼすやもしれぬ。それ故、黒木主水の息の根を止め、二荒の天狗を斃し、二荒忍びを根絶やしにする」

左近は云い放った。

「二荒忍びを根絶やし……」

片岡は眉をひそめた。

「如何にも……」

「日暮どの、それを一人でやるつもりか……」

「闘う時はいつも一人……」

左近は、不敵な笑みを浮かべた。

外濠で遊ぶ水鳥は羽音を鳴らし、水面に水飛沫をあげた。


一人で二荒の天狗を斃し、二荒忍びを根絶やしにする……。

左近の云い放った言葉は、風魔忍び総帥の風魔小太郎に焦りを覚えさせた。

左近が宣言通り、一人で二荒の天狗を斃して二荒忍びを根絶やしにしたら、殺し合いを繰り返して来た風魔忍びは、口程にもないと笑い者になるだけだ。

日暮左近の思い通りにはさせぬ……。

左近を出し抜いて二荒の天狗を斃し、二荒忍びを根絶やしにしなければ、風魔忍びの矜持《きょうじ》と存在は護れないのだ。

二荒の天狗を斃し、二荒忍びを根絶やしにするのは、風魔忍びでなければならない。

風魔小太郎は決意した。

風魔忍びは、俺を出し抜いて二荒の天狗と二荒の忍びを襲う……。

そうしなければ、風魔忍びは己の矜持を護れない。

左近は睨んだ。

その混乱に乗じて黒木主水の息の根を止め、二荒の天狗を斃す。

左近は、己の企てを片岡兵庫に話した裏には、風魔忍びと二荒忍びを激突させる企みがあった。

風魔忍びの襲撃は早い……。

左近は読んだ。

一つだけ気掛かりなのは、玄平が云っていた二荒忍びの御館だ。

御館がいるのなら、斃さなければ二荒忍びを根絶やしにした事にはならない。

二荒忍びの御館が誰で何処にいるのかは分からない。
それを突き止めるには、春妙尼と玄平を泳がせて利用するしかないのだ。
何れにしろ、二荒の天狗を斃すのが先だ。
二荒の天狗を斃せば、春妙尼と玄平は動く筈だ。
左近は睨み、二荒の天狗たちの潜む千駄ケ谷の宇都宮藩江戸下屋敷を見張った。

夜は更けた。
宇都宮藩江戸下屋敷は、月明かりと虫の音に覆われていた。
左近が忍び込んで以来、下屋敷の二荒忍びの結界は再び厳しくなった。
左近は、下屋敷の前の広い田畑の奥に忍び、見張った。
刻《とき》が過ぎた。
広い田畑の前方の闇が揺れ、人の気配が動いた。
風魔忍び……。
左近は、田畑の前方の闇に眼を凝らした。
闇は揺れ、人の気配は動き続けた。
左近は、下屋敷を眺めた。

下屋敷の表門の屋根に大きな鳥が留まった。
風魔小太郎……。
大きな鳥は、不気味な鳴き声を響かせた。
殺気が湧いた。
広い田畑から風魔忍びの者が湧くように現れ、一斉に下屋敷に殺到した。
よし……。
左近は続いた。
風魔忍びの者たちは、土塀を乗り越えて次々と宇都宮藩江戸下屋敷に侵入した。
弩《ど》の矢が一斉に放たれた。
土塀を乗り越えて侵入した風魔忍びの者は、弩の矢を受けて次々に倒れた。
風魔小太郎は表門の屋根を蹴り、袖無し羽織を鳥の翼のように広げて大きく飛んだ。
そして、弩を射る二荒忍びの者たちに鉤爪を唸らせて襲い掛かった。
風魔小太郎の鉤爪は、二荒忍びの者たちの顔や喉を引き裂き、抉《えぐ》った。
二荒忍びの者たちは怯んだ。

風魔小太郎は、頭巾の奥の眼に冷酷な笑みを浮かべた。

侵入した風魔忍びの者たちは、表御殿に殺到した。

表御殿の屋根に現れた二荒忍びの者たちが、表御殿に殺到する風魔忍びに手裏剣を放った。

風魔忍びの者たちは物陰に潜み、手裏剣を投げて応戦した。そして、風魔忍びと二荒忍びは忍び刀を輝かせて激突した。

忍びの者同士の殺し合いは、怒声も悲鳴もなく刃の咬み合う音と、肉を斬り、肉を突き刺す音だけがした。

「情けは無用。皆殺しにしろ……」

風魔小太郎は云い棄て、袖無し羽織を翻して表御殿に向かった。


表御殿の中は暗かった。

左近は、暗く長い廊下を進んだ。

左右に連なる座敷の襖越しに、槍が鋭く突き出された。

左近は躱し、槍の太刀打ちを摑んで引き寄せ、無明刀を袈裟《けさ》に斬り下げた。

槍を握った二荒忍びの者が胸から血を流し、襖を破って廊下に倒れ出た。

左近は、無明刀を濡らした血を振り払って廊下を進んだ。

廊下は暗く長かった。

三

風魔忍びと二荒忍びの殺し合いは続いた。

宇都宮藩江戸下屋敷の留守居番《るすいばん》の僅かな家臣たちは、侍長屋の一隅で息を呑み、身を縮めて様子を窺っていた。

風魔忍びは、二荒忍びを攻め押した。

二荒忍びは押され、次第に人数を減らした。

皆殺し……。

風魔忍びは、容赦なく二荒忍びを殺戮《さつりく》した。

暗く長い廊下は続いた。

左近は、二荒の天狗がいた用部屋の障子を開けて窺った。

用部屋は暗く、人の潜む気配はなかった。

左近は、連なる暗い用部屋に次々と殺気を放った。

連なる暗い用部屋からは、殺気に対する反応はなかった。

何処に潜んでいる……。

左近は、微かな焦りを覚えた。

刹那、天井板を破って二荒の天狗が左近の頭上に現れた。

左近は、咄嗟《とっさ》に跳び退いた。

二荒の天狗は、手鉾を振るって左近に襲い掛かった。

手鉾は、短く唸り鈍色《にびいろ》の輝きを放った。

左近は、雨戸を蹴破って庭に跳び出た。


二荒の天狗は、追って庭に現れて左近と対峙した。

「二荒の天狗……」

「日暮左近、風魔の手先になったか……」

二荒の天狗は、左近を蔑んだ。

「お前を斃すのに手立ては選ばぬ……」

左近は、二荒の天狗を見据えた。

「何故だ……」

「秩父忍びを使い棄ての道具にし、弄《もてあそ》んだのは許せぬ所業……」

「所詮、忍びは強い者が生き残る。弱い者は利用され弄ばれて滅び去るのが運命《さだめ》だ……」

二荒の天狗は嘲笑った。

「ならば、秩父忍びに此《これ》以上の禍を及ぼさぬように死んでもらう……」

左近は苦笑した。

「黙れ……」

二荒の天狗は、手鉾を鋭く横薙ぎに振るった。

風が巻き、鈍色の輝きが尾を引いた。

左近は、無明刀を一閃した。

無明刀は、手鉾を弾き返した。

二荒の天狗は、大きく跳び退いた。

左近は、無明刀を頭上高く真っ直ぐに構えた。

全身が無防備になり、隙だらけになった。

「おのれ……」

二荒の天狗は、左近が自ら隙だらけになったのは、己の腕を見下したからだと読んで熱《いき》り立った。

左近は、二荒の天狗に笑い掛けた。

二荒の天狗は地を蹴り、左近に向かって猛然と走った。

左近は、身動《みじろ》ぎもしなかった。

刹那、二荒の天狗は見切りの内に入り、左近に手鉾を放った。

無明斬刃……。

剣は瞬速……。

左近は、無明刀を頭上から真っ向に斬り下げた。

二荒の天狗は、手鉾を一閃した。

左近と二荒の天狗は交錯した。

二荒の天狗は、残心の構えを取った。

左近は、無明刀を手にして無雑作に佇んだ。

刻は凍て付いた。

二荒の天狗の額に血が湧いて流れ、その手から手鉾が落ちた。

左近は、無雑作に無明刀を振った。
無明刀を濡らしていた血が飛び散った。
二荒の天狗は、前のめりに斃れた。
左近は、無明刀を鞘に納め、夜の闇に跳んだ。
二荒の天狗の死体が残された。
風魔小太郎が、表御殿から庭に出て来て二荒の天狗の死体を冷たく見下ろした。
二荒の天狗は、額の鉢金《はちがね》ごと真っ向から斬り下げられて絶命していた。
恐るべき剣の冴えだ。
「我ら風魔忍びを利用したか。おのれ、日暮左近……」
風魔小太郎は、悔しげに吐き棄てた。

江戸の町は、夜の闇に包まれて寝静まっていた。
左近は、町や連なる家々の屋根を走り、掘割を跳び、風を巻いて一直線に走った。
二荒の天狗を斃した今、残るは宇都宮藩総目付の黒木主水だ。
黒木主水も秩父忍びに禍を及ぼす一人であり、後顧《こうこ》の憂《うれ》いをなくすためには早々に始末すべき者なのだ。

黒木主水は、風魔忍びに深手を負わされて江戸上屋敷で養生をしている。

二荒の天狗が斃されたと知り、姿を隠さない内に始末する……。

左近は、宇都宮藩江戸上屋敷に向かって風を巻いて一直線に走った。


下谷七軒町の宇都宮藩江戸上屋敷は、家来たちと二荒忍びが厳しい警備をしていた。

左近は、隣の大名屋敷の屋根に跳び、宇都宮藩江戸上屋敷を窺った。

宇都宮藩江戸上屋敷の要所には二荒忍びが忍び、家来たちが篝火を焚いて見張りに立っていた。

左近は、見廻りの家来たちが通り過ぎるのを待って江戸上屋敷に忍び込んだ。

そして、黒木主水が養生をしている重臣屋敷の連なりに忍び寄り、見廻した。

薬湯の臭いが、重臣屋敷から微かに漂っていた。

左近は、薬湯が傷養生をしている黒木のものだと睨み、微かな臭いを辿《たど》った。

此処《ここ》だ……。

左近は、薬湯の臭いの出処《でどころ》を端の屋敷だと見定めた。そして、端の屋敷の庭先に忍んだ。
屋敷の庭先の奥には、閉められた雨戸があった。
左近は、雨戸に忍び寄って薬湯の臭いを確かめた。
薬湯の臭いは、確かに漂って来ていた。
間違いない……。
左近は、小柄《こづか》を巧みに使って雨戸の猿を外した。そして、雨戸を僅かに開け、
素早く忍び込んだ。

薬湯の臭いが揺れた。
雨戸の中には暗い縁側があり、障子の閉められた座敷があった。
座敷には有明行燈が灯されているのか、障子が仄かに明るかった。
左近は、仄かに明るい障子を窺った。
薬湯の臭いが漂い、男の寝息が微かに聞こえた。
黒木主水……。
左近は、座敷の障子を開けて忍び込んだ。

薬湯の臭いが満ちていた。

敷かれた蒲団で眠っている男は、黒木主水に間違いなかった。

左近は見定め、黒木に馬乗りになって両手で首を絞めた。

黒木は、呻《うめ》いて目覚めた。

「黒木主水、此以上、秩父忍びに手出しはさせぬ……」

左近は囁き、首を絞める両手に力を込めた。

黒木は恐怖に眼を瞠《みは》り、逃れようと必死に抗《あらが》った。

左近は、抗う黒木を押さえ付け、首を絞める手に力を込めた。

喉仏が潰れ、首の骨の折れる音がした。

黒木主水は絶命した。

左近は、黒木の死を見届けた。

秩父忍びを醜い争いに引き摺り込み、使い棄てにしようとした黒木主水は、二荒の天狗の後を追った。

陽炎たち秩父忍びを苦しめた報い、あの世で思い知るが良い……。

左近は、冷徹に笑った。

不忍池の畔には散策する人が行き交っていた。
左近は、不忍池の畔にある古寺の本堂の大屋根に忍んで裏庭を覗いた。
裏庭の隅には小さな庵があり、老僕の玄平が掃除をしていた。
二荒忍びの玄平……。
左近は見守った。
小さな庵からは、春妙尼の読む経が微かに聞こえていた。
饅頭笠を被った雲水が、裏門に続く土塀沿いの小道をやって来た。
左近は、小さな笑みを浮かべた。
雲水は二荒忍びであり、玄平と春妙尼に二荒の天狗の死を報せに来たのだ。
左近は読んだ。
玄平は、雲水が来たのに気が付いて裏門を見た。
雲水は裏門の前で立ち止まり、饅頭笠を上げて己の顔を見せた。
「どうした……」
玄平は眉をひそめた。
「天狗さまが殺されました……」
雲水は囁いた。

「そうか、中に入れ……」
玄平は驚きを押し殺し、雲水を促した。
雲水は頷き、玄平と共に小さな庵に入った。
玄平は二荒の天狗が殺されたと知り、どうするのか……。
左近は、玄平の出方を窺った。
御館に報せて指示を仰ぐのか……。
生き残りを纏《まと》めて引き上げるか……。
水野忠邦闇討ちを続けるのか……。
左近は、玄平の出方を読んだ。
春妙尼の経が止んだ。
僅かな刻が過ぎた。
雲水と玄平が、春妙尼に見送られて小さな庵から出て来た。
「それでは春妙尼さま、行って参ります」
玄平は、春妙尼に告げて裏門から出て行った。
雲水は、春妙尼に頭を下げて玄平に続いた。
「気を付けて……」

春妙尼は見送った。

よし……。

左近は、古寺の本堂の大屋根を降りた。

玄平と雲水は、不忍池の畔から明神下《みようじんした》の通りに向かった。

何処に何しに行くのだ……。

左近は、慎重に尾行した。


「二荒の天狗、日暮左近に斃されたか……」

浜松藩大番頭の藤堂嘉門は眉をひそめた。

「はい。我ら風魔忍びが二荒忍びの者共を片付けている間に、日暮左近、まんまと出し抜きました」

片岡兵庫は、悔し紛れの苦笑を浮かべた。

「そうか。片岡、昨夜遅く、宇都宮藩江戸上屋敷で何やら異変があったようだ……」

藤堂は告げた。

「異変ですか……」

片岡は眉をひそめた。

「うむ。未だ仔細《しさい》は分からぬがな」

藤堂は頷いた。

「藤堂さま、おそらく異変は、宇都宮藩総目付の黒木主水が秘かに殺されたというのでしょう」

片岡は睨んだ。

「総目付の黒木主水が……」

「はい。黒木主水は、我らに襲われ深手を負いながらも辛うじて生きながらえ、上屋敷で養生をしていました。おそらくその黒木が殺されたのです」

片岡は読んだ。

「ならば、殺したのは何者だ」

「やはり、日暮左近の仕業でしょう」

「日暮左近、千駄ケ谷から下谷に走っての所業か……」

「はい。黒木主水は此度の殺し合いに秩父忍びを巻き込んだ張本人。日暮左近、二度と秩父忍びに手出しが出来ぬよう、始末したのでしょう」

片岡は告げた。

「成《な》る程《ほど》。それにしても日暮左近、やはり恐ろしい男だな」

藤堂は、黒木主水と二荒の天狗を一気に始末した日暮左近に畏怖《いふ》を覚えずにはいられなかった。

「はい……」

片岡は頷いた。

「して片岡、二荒忍び、二荒の天狗と多くの者共を殺され、戸田は我が殿の首を獲る企てから手を引くかな……」

「それなのでございますが、残る二荒忍びにどのような者がいるのか見定める迄は、迂闊な真似は出来ぬかと……」

「うむ。ならば殿の身辺と江戸屋敷の警戒は未だ解かずにおこう。片岡、その方、一刻も早く残る二荒忍びの者共を見定めろ」

藤堂は命じた。

「心得ました」

片岡は、藤堂に会釈をして用部屋を後にした。

残る二荒忍びには、どのような者がいるのか……。

先ずは、戸田忠温のいる宇都宮藩江戸上屋敷の二荒忍びの結界がどうなっているのかを見定める。

二荒の天狗がいる時と変わらない結界が張られていれば、残る二荒忍びにそれなりの忍びの者がいる事になる。もし、いたとしたなら、その者は左近の云っていた玄平なる者なのかもしれない。

何れにしろ急ぎ見定めなければならない……。

片岡は事を急いだ。

老僕の玄平は、雲水と共に下谷七軒町にやって来た。そして、宇都宮藩江戸上屋敷を眺めた。

宇都宮藩江戸上屋敷は表門を閉め、静けさに満ちていた。

「不動《ふどう》、総目付の黒木主水が殺されてからの宇都宮藩の警備は……」

玄平は、雲水に尋ねた。

「それなりに厳重にしているが、風魔忍びの前には一溜《ひとたま》りもない」

不動と呼ばれた雲水は、饅頭笠をあげて宇都宮藩江戸上屋敷を眺めた。

「それで不動、二荒忍び、上屋敷に何人いるのだ」

「十五人だ……」

「十五人……」

玄平は眉をひそめた。

「天狗が斃され、千駄ケ谷の下屋敷で生き残った者を入れてな」

「今の二荒忍びには、精一杯か……」

玄平は、淋しげな笑みを浮かべた。

「ああ……」

不動は、悔しげに頷いた。

「よし。先ずは態勢を整えよう」

玄平と不動は、宇都宮藩江戸上屋敷の裏門に続く路地に入って行った。

左近は、向かい側にある松前藩江戸上屋敷の大屋根に忍んで見送った。

玄平は、残された二荒忍びの者たちの態勢を整え、老中水野忠邦の首を狙い続ける気だ。

左近は睨んだ。

もし、風魔忍びを恐れて依頼された水野忠邦闇討ちから手を引いたならば、二荒忍びは滅び去るしかないのだ。

二荒の玄平は、二荒忍びの存亡の危機を乗り越えるため、水野忠邦の首を狙い続ける。

二荒忍びを護る手立ては、最早それしか残されていない。

二荒の玄平は、残された僅かな二荒忍びを率い、戸田忠温を護りながら水野忠邦の首を狙わなければならない窮地《きゅうち》に立たされたのだ。

二荒の玄平は、どのような手立てで窮地を乗り越えるのか……。

左近は思いを巡らせた。

それにしても、玄平の背後に潜んでいる二荒の御館は何処にいるのだ。

左近は、二荒の玄平を暫く見守る事にした。


刻が過ぎた。

宇都宮藩江戸上屋敷の裏門に続く路地から小者が出て来た。

左近は見守った。

小者は、出て来た路地を鋭い眼差しで振り返った。

只の小者ではない……。

左近の勘が囁いた。

小者は、辺りを窺って足早に宇都宮藩江戸上屋敷を離れて新寺町《しんてらまち》に向かった。
追ってみる……。
左近は、松前藩江戸上屋敷の大屋根から降りて小者を追った。
小者は、前屈みに歩きながら周囲を窺っていた。
尾行を警戒する忍び……。
左近は、小者が忍びの者だと見定めた。

金龍山浅草寺《きんりゅうざんせんそうじ》の境内は、参拝客で賑わっていた。
小者は、境内の片隅にある茶店に入り、茶店娘に何事かを告げた。
茶店娘は、小者を奥の小部屋に誘った。
誰かと逢う……。
左近は、茶店の裏手に廻った。

二荒忍びは十五人となり、宇都宮藩江戸上屋敷に潜んでいる。
宇都宮藩江戸上屋敷に奉公している小者は、片岡兵庫に報せた。
小者は風魔忍びの者であり、宇都宮藩江戸上屋敷に潜り込んでいた。

「そうか。して、殺された二荒の天狗に代わる者は現れたのか……」

「はい。玄平という者がやって来ました」

小者は告げた。

「玄平か……」

「はい……」

「で……」

「上屋敷の結界を厳しくしています」

「厳しくしている……」

二荒の玄平は、宇都宮藩江戸上屋敷の結界を厳しくしている。

「たった十五人の二荒忍びでか……」

「はい……」

「ならば、水野忠邦さまを闇討ちして首を獲るのに、人数は足りないな……」

「はい……」

「先ずは護りを固めるか……」

二荒の玄平は、護りを固めてから闇討ちの機会を窺う気なのだ。

片岡は、二荒の玄平の肚の内を読んで小さく笑った。

左近は、茶店の小部屋の窓の下に忍び、己の気配を消して片岡兵庫と小者の話を聞いた。

片岡は、二荒の玄平が宇都宮藩江戸上屋敷の護りを固め、水野忠邦闇討ちを控えると読んだ。

果たして片岡兵庫の読みの通りなのか……。

左近は、事態が新たに動く予感を覚えた。

浅草寺境内の賑わいは続いた。

四

浜松藩大番組の片岡兵庫は、宇都宮藩江戸上屋敷に小者として潜ませている風魔忍びと別れた。

片岡兵庫は西御丸下の浜松藩江戸上屋敷に帰り、小者は宇都宮藩江戸上屋敷に戻る。

いずれにしろ、二荒忍びは護りに徹して態勢を立て直す。

動くとしたら風魔だ……。

風魔忍びは、二荒忍びを一気に叩き潰しに掛かるかもしれない。

弱った敵を容赦なく壊滅させるのは、忍びの常識であり、殺し合いの鉄則だ。

左近は、片岡兵庫を追った。

片岡兵庫は、左近の睨み通りに西御丸下の浜松藩江戸上屋敷に向かった。

御曲輪内西御丸下の浜松藩江戸上屋敷は、風魔忍びの結界が厳重に張り巡らされていた。

片岡兵庫は確かめるように眺め、浜松藩江戸上屋敷に入って行った。

左近は見送った。

僅かな刻が過ぎた。

浜松藩江戸上屋敷の表門が軋《きし》みをあげて開けられた。

左近は見詰めた。

表門から御忍駕籠《おしのびかご》の一行が出て来た。

御忍駕籠は、大名やその正室が御忍び時に使う乗物だ。

誰が乗っているのか……。

左近は見守った。
三人の轎夫《きょうふ》に担がれた御忍駕籠には、供侍の他に多くの腰元《こしもと》が付き従ってい
た。
乗っているのは、老中水野忠邦の正室……。
左近は、一行に多くの腰元がいるところからそう読んだ。
御忍駕籠の一行は、家臣や番士たちに見送られて西御丸下から桜田御門に向
かった。
水野忠邦の正室は、御忍びで何処かに行くのだ。
どうする……。
左近は迷った。
表門は軋みをあげて閉じられ、浜松藩江戸上屋敷は風魔忍びの結界に覆われた。
尾行《つけ》る……。
左近は、御忍駕籠で出掛ける水野忠邦の正室を追った。
内濠に架かっている桜田御門を渡った御忍駕籠一行は、連なる大名屋敷の間を
南に進んだ。

南には外濠に架かっている虎之御門《とらのごもん》がある。

左近は追った。

御忍駕籠一行は、外濠に架かっている虎之御門を渡った。そして、桜川《さくらがわ》の通りを南に進んだ。その突き当たりには三縁山増上寺《さんえんざんぞうじょうじ》があり、途中に愛宕《あたご》神社と幾つもの寺が並んでいる。

御忍駕籠一行は、愛宕山の下に並ぶ寺の一つに入って行った。

寺は尼寺であり、数人の尼僧が山門内に出迎えていた。

左近は、尼寺に入って行く御忍駕籠一行を見送った。

尼僧たちは、山門の扉を閉めた。

左近は、尼寺の山門に駆け寄り、古い扁額《へんがく》を見上げた。

古い扁額には『祥蓮院』と書かれていた。

尼寺の祥蓮院《しょうれんいん》……。

左近は、辺りに人のいないのを見定めて尼寺『祥蓮院』の土塀に跳んだ。

尼寺『祥蓮院』の境内には御忍駕籠が停められており、供侍たちが辺りを警戒していた。そして、腰元たちが御忍駕籠から打掛《うちか》けを纏った奥方が降りるのを介添えしていた。

水野忠邦の奥方……。

左近は読んだ。

奥方は尼僧に誘われ、腰元や供侍たちを従えて方丈《ほうじよう》に向かって行った。

境内には、御忍駕籠と三人の轎夫や小者たちが残された。

轎夫の一人が朋輩《ほうばい》に何事かを告げ、庫裏《くり》の裏の厠に向かった。

左近は、土塀の屋根から降りて植込み伝《づた》いに追った。


轎夫は小便をして厠を出た。

刹那、左近が轎夫を背後から押さえ、顔に苦無を突き付けた。

轎夫は、思わず叫ぼうとした。

「騒げば殺す……」

左近は、苦無を首に押し付けて脅した。

轎夫は声を呑んだ。

「乗せて来たのは水野忠邦の奥方だな」

左近は囁いた。

「へ、へい。正室のお由衣《ゆい》の方《かた》さまにございます」

轎夫は、恐怖に声を震わせた。

「何しに来たのだ……」

「へい。祥蓮尼《しょうれんに》さまと仰る偉い尼さまに逢いに……」

轎夫は告げた。

「よし。此の事を供侍共に報せれば、お前は要《い》らざる事を喋ったと手討《てうち》にされる。死にたくなければ、何もかも忘れるのだな」

左近は囁いた。

轎夫は、激しく頷いた。

左近は、厠の屋根に跳んだ。

左近は、尼寺『祥蓮院』の土塀に跳び、桜川の通りに人がいないのを見定めて外に出た。

水野忠邦の正室お由衣の方は、尼寺『祥蓮院』院主である祥蓮尼に逢いに来たのだ。

大名家の正室が、徳の高い尼僧と逢うのに何の不思議もない。

何れにしろ、お由衣の方が尼寺『祥蓮院』に来たのは、夫水野忠邦と宇都宮藩主戸田忠温との暗闘に拘《かかわ》りはない。

左近は見定め、尼寺『祥蓮院』から離れた。

春妙尼……。

左近は、不忍池の畔の古寺の裏庭の隅にある小さな庵にいる春妙尼を思い浮かべた。

春妙尼は、伝説の八百比丘尼の再来と呼ばれ、二荒忍びの玄平を供に関八州《かんはっしゅう》の町や村を廻って功徳《くどく》を施し、崇《あが》められていた。

そうした春妙尼の噂は、庄屋や土地の御大尽《おだいじん》の屋敷に招かれるもとになった。

春妙尼と玄平は、庄屋や御大尽の招きに応じて屋敷を訪れた。

そして、二荒忍びの玄平が何をしたのかは分からない……。

金や金目の物を盗んだのか……。

もし、そうだとしたなら春妙尼の施す功徳は二荒忍びの技を使った事に過ぎず、庄屋や御大尽の屋敷に入り込む道具でしかないのだ。

左近は読み、苦笑した。

夕陽は愛宕山の陰に沈み始めた。

宇都宮藩江戸上屋敷には、二荒忍びの結界が張られて警戒は厳重だった。

藩主戸田忠温は、肥った身体を揺らして側用人《そばようにん》の宗方采女正《むなかたうねめのしょう》を相手に酒を飲んでいた。

「ならば采女正、形勢は不利なのだな……」

戸田忠温は、腹立たしげな面持ちで酒を飲んだ。

「はい。辛うじて命を取り留めていた総目付の黒木主水が死に、二荒の天狗を始めとした多くの二荒忍びの者共が殺され、風魔忍びの者共に押し捲《まく》られています」

宗方采女正は、微かな嘲《あざけ》りを過ぎらせた。

「おのれ……」

戸田忠温は酒を飲んだ。

「して采女正、どうしたら良いのだ」

「ま、今暫く様子をみるのが上策かと……」

采女正は、主の戸田忠温に探る眼を向けた。

「様子をみるのか……」

「はい。そして、形勢が変わらなければ……」

采女正は、忠温を冷徹に見据えた。

「か、変わらなければ……」

忠温は、肉に埋《うも》れた喉を鳴らした。

「水野忠邦に詫びを入れるしかありますまい……」

采女正は云い放った。

「詫びを入れるだと……」

戸田忠温は眉をひそめた。

「はい。かつて水野忠邦が老中水野忠成にしたように角《つの》を隠して恭順《きょうじゅん》の意を示し、諂《へつら》えば事は済むでしょう」

采女正は、不敵な笑みを浮かべた。

「成る程、角を隠してな……」

戸田忠温は苦笑した。

「はい……」

采女正は頷いた。

「だが、采女正、忠邦は頷いても、多くの配下の忍びを亡くした風魔はそれで済むとは思えぬが……」

「風魔忍びと雖《いえど》も、所詮は金で雇われた者共に過ぎませぬ。それに二荒忍びの生き残りを人身御供《ひとみごくう》に差し出せば、風魔忍びは憂さを晴らし、納得するでしょう」

采女正は、その眼に狡猾《こうかつ》さを滲ませた。

「二荒忍びを人身御供に差し出すか……」

「はい。これから拙者が浜松藩大番頭の藤堂嘉門どのに逢い、秘かに事を運びます」

采女正は、声を立てずに笑った。

「良く分かった、采女正。何事もよしなに取り計らえ……」

戸田忠温は、肉に埋れた首で鷹揚《おうよう》に頷いて酒を飲んだ。

燭台《しょくだい》の火は瞬《またた》いた。

宇都宮藩江戸上屋敷は、二荒忍びの結界に護られて夜の闇に沈んでいた。

結界を張り巡らせて護りを固めるだけでは、事は進まず衰退を待つだけだ……。

二荒の玄平は、宇都宮藩江戸上屋敷の警戒を雲水の不動に任せて御館の許に走った。

二荒忍びは、天狗たち多くの忍びの者を失い、窮地に追い込まれている。

しかし、逃げ出す訳にはいかないのだ。

逃げれば、二荒忍びは滅び去る。

かといって、此のまま水野忠邦の首を狙い続け、風魔忍びと殺し合って勝つのは至難の業《わざ》だ。

何れにしろ、此のままでは二荒忍びは滅びる道を辿るしかない。

御館は、二荒忍びの置かれている窮地を知ってどうするかだ。

二荒忍びの存亡を懸けて……。

二荒の玄平は、夜の町を御館の許に走った。


不忍池は朝陽に煌めいていた。

左近は、不忍池の畔の古い寺の裏庭の隅にある小さな庵を眺めた。

小さな庵は、雨戸が閉められていた。

左近は、戸惑いを覚えた。

春妙尼が小さな庵にいれば、早々に雨戸を開けている筈だ。

だが、雨戸は閉められたままだ。

左近は、小さな庵を窺った。

小さな庵は物音一つせず、人のいる気配は窺えなかった。

春妙尼はいないのか……。

左近は、小さな庵に向かって殺気を放った。

殺気に対する反応は何もなかった。

左近は、小さな庵に近付き、小柄で雨戸の猿を外して僅かに開けて中を覗いた。


小さな庵の中は薄暗く、伽羅《きやら》の香りが微かに漂っていた。

左近は忍び込み、座敷の障子を開けた。

座敷には、観音像が祀《まつ》られているだけであり、毎日の暮らしを示す家財道具は余りなかった。

左近は、座敷から隣の板の間に向かった。

板の間には囲炉裏《いろり》が切られ、隅に畳んだ蒲団が積まれていた。

左近は、畳まれた蒲団を検めた。

蒲団は冷たく、昨夜使われた形跡は窺えなかった。

春妙尼は、昨夜の内に何処かに出掛けたのだ。

尼僧としての旅に出たのか……。

それとも、手薄になった二荒忍びの一人として秘かに動いているのか……。

左近は、春妙尼の動きを読もうとした。しかし、動きを読む手掛りは何一つなかった。

伽羅の香りは漂い続けていた。


風魔小太郎は、配下の風魔忍びの者たちに宇都宮藩江戸上屋敷を包囲させ、藩主戸田忠温と二荒忍びの動きを見張らせた。

戸田忠温は、江戸上屋敷から江戸城に出仕《しゅっし》し、決まった刻に帰って来た。

風魔忍びは見張るだけであり、襲い掛かる気配は見せなかった。

何時《いつ》でも襲える……。

風魔忍びには、二荒忍びを封じた余裕から来る侮りと嘲りが感じられた。

二荒忍びは、焦り苛立っていた。

焦りと苛立ちは、怯えから来ているのに他ならなかった。

左近は、追い詰められた二荒忍びのありようを読んだ。

左近は、西御丸下の浜松藩江戸上屋敷を窺った。

浜松藩江戸上屋敷は、攻勢を強めていても警戒を怠る事はなかった。

家来たちの警備は続き、風魔忍びの結界は張り続けられていた。

左近は、大番頭の藤堂嘉門と風魔小太郎の慎重さに少なからず感心した。

藩主水野忠邦は、老中としての役目に忙しく、正室のお由衣の方は愛宕山の尼寺『祥蓮院』を訪れていた。

大番頭の藤堂嘉門と片岡兵庫が、浜松藩江戸上屋敷から現れて北に向かった。

何処に行くのだ……。

左近は追った。


藤堂嘉門と片岡兵庫は北に進み、内濠に架かっている和田倉《わだくら》御門を渡り、外濠に架かっている神田橋御門に向かった。

何処に行くのだ……。

左近は、慎重に尾行た。

神田橋御門を渡ると駿河台《するがだい》の大名旗本屋敷街になり、北に進めば神田川になる。

不忍池の畔には木洩れ日が揺れていた。

藤堂嘉門と片岡兵庫は、不忍池の畔にある料理屋『初川《はつかわ》』に続く林の中の小道に入った。

左近は見届けた。

藤堂と片岡は、料理屋『初川』で誰かと逢うのだ。

逢う相手は誰なのだ……。

左近は、藤堂が逢う相手を見定める手立てを思案した。だが、相手は片岡兵庫だ。尾行は首尾良く終わっても、下手に近付けば命取りになるかもしれない。

左近は、迷い躊躇《ためら》った。

料理屋『初川』に入った藤堂嘉門と片岡兵庫は、女将《おかみ》に誘われて離れ座敷に進んだ。

離れ座敷には、宇都宮藩側用人の宗方采女正が待っていた。

「此《これ》は藤堂どの、わざわざのお越し、痛み入ります」

宗方采女正は、辞《じ》を低くして藤堂嘉門を迎えた。

藤堂は、上座に着いた。

片岡兵庫は、藤堂の脇に控え、離れ座敷と障子の外に広がる庭を鋭い眼差しで窺った。

潜んでいる者の気配もなければ、殺気もない……。

宗方采女正は、離れ座敷の周囲に手勢《てぜい》を忍ばせてはいない。

片岡は見定め、藤堂に目配せをした。

藤堂は頷いた。

「して、宗方どの、用とは何かな……」

藤堂は、采女正を厳しく見据えた。

「此度の一件の始末……」

采女正は、藤堂を見返した。

「仕掛けて来たのは宇都宮藩、どのような始末を用意しているのかな……」

藤堂は突き放した。

「それはもう、いろいろと……」

采女正は、小さな笑みを浮かべた。

「いろいろとな……」

藤堂は苦笑した。

「左様。して、そちらは何をお望みか、お聞かせ願えますか……」

采女正は、探りを入れた。

「その前に、此度の始末。勿論、戸田忠温さまは御存知の事なのだな」

「如何《いか》にも……」

采女正は頷いた。

「ならば、此方《こちら》も我が殿に事の次第を報せてどうするか決める。此度の一件の始末は、それからだ」

「承知致した」

藤堂は告げた。

采女正は頷いた。

「ならば、此からの繋ぎは、此なる片岡兵庫に……」

藤堂は、片岡を示した。

片岡は、采女正を見据えて頭を下げた。

「心得ました。では……」

采女正は、笑みを浮かべて手を叩いた。

女将と仲居たちが膳を運んで来た。

藤堂嘉門と片岡兵庫は、半刻《はんとき》(一時間)もしない内に料理屋『初川』から出て来た。

左近は木陰に隠れ、己の気配を消して見守った。

藤堂と片岡は、女将や仲居に見送られて不忍池の畔の道を戻って行った。

左近は見送り、再び料理屋『初川』を見張った。そして、藤堂と片岡が逢った相手が出て来るのを待った。

雑木林に風が吹き抜け、木洩れ日が揺れた。

「ありがとうございました……」

中年の武士が、女将に見送られながら料理屋『初川』から出て来た。

此の男だ……。

左近は、中年の武士が藤堂嘉門や片岡兵庫と逢った者だと睨んだ。

中年の武士は、女将に見送られて不忍池の畔を下谷広小路に向かった。

中年の武士が何処の誰か、見送った女将に訊けば分かるかもしれない。だが、中年の武士が、偽りの名と身許を告げていたらそれ迄だ。

何処の誰か、己が尾行て名と身許を突き止めるのが一番なのだ。

左近は、中年の武士を追った。


下谷広小路は賑わっていた。

中年の武士は、下谷広小路の雑踏を抜けて御徒町《おかちまち》に向かった。

左近は追った。

中年の武士は、御徒町を東に進んだ。

まさか……。

御徒町を横切り、尚も進めば浅草三味線堀に出るのだ。その三味線堀の近くに下谷七軒町があり、宇都宮藩江戸上屋敷がある。

中年の武士は、宇都宮藩江戸上屋敷の者、家臣なのか……。

左近は、眉をひそめて先を行く中年の武士を追った。

中年の武士は、宇都宮藩江戸上屋敷の番士や中間に迎えられて屋敷内に入った。

やはり……。

左近は、中年の武士が宇都宮藩の家臣だと知った。

第四章　徒花《あだばな》無惨

一

浜松藩大番頭藤堂嘉門は、宇都宮藩の家臣と秘かに逢っていた。

宇都宮藩の家臣の名と役目は何なのだ。そして、何故に敵である藤堂嘉門や片岡兵庫と逢っていたのだ。

左近が見た限り、藤堂たちと逢っていた宇都宮藩の家臣はそれなりの役目に就いている者だ。

そのような者が浜松藩の藤堂に内通しているか……。

それとも、宇都宮藩は浜松藩と秘かに和睦《わぼく》を企てているのか……。

左近は、宇都宮藩江戸上屋敷を窺った。

宇都宮藩江戸上屋敷は、家来たちの警備と二荒忍びの結界に護られていた。

忍び込んだり、江戸上屋敷の番士や中間を締め上げたり、迂闊な真似は出来ない。

何《いず》れにしろ、宇都宮藩には浜松藩の藤堂嘉門と通じている家臣がいるのだ。

宇都宮藩と浜松藩の暗闘は、大きく動く……。

左近の勘は囁いた。


鹿威《ししおど》しの音は、甲高《かんだか》く庭に響いていた。

浜松藩江戸上屋敷の御座之間《ござのま》には、老中で藩主の水野忠邦と大番頭の藤堂嘉門がいた。

「そうか、宇都宮藩の側用人が事の始末を申し入れて来たか……」

水野忠邦は、贅肉《ぜいにく》のない頬に侮りと蔑みを浮かべた。

「はい……」

藤堂嘉門は頷いた。

「嘉門、その始末、戸田忠温も承知の事なのだな……」

「そう申しております……」

藤堂は苦笑した。

「信じられぬか……」

忠邦は、藤堂の苦笑を見逃さなかった。

「いえ。此度の始末は、おそらく嘘偽りはないでしょう。しかし……」

「しかし、嘘偽りがないのは、此度の始末だけか……」

忠邦は読み、冷笑した。

「はい。取り敢えず窮地を凌《しの》ごうとの企みに相違ありますまい……」

藤堂は睨んだ。

「だが、余《よ》と戸田忠温の暗闘、城中でも噂になり始めている。そろそろ始末の潮時だと云えよう」

忠邦は、その眼を怜悧《れいり》に輝かせた。

「ならば、始末を進めても宜《よろ》しいと……」

「うむ。嘉門、始末の条件、決して甘くしてはならぬ……」

忠邦は、厳しく申し渡した。

「はっ。篤《とく》と心得ております」

藤堂嘉門は、穏やかに微笑んだ。

夜は更けた。

浜松藩江戸上屋敷に張られた風魔忍びの結界には、毛筋程の緩みもなかった。

風魔忍びは、二荒忍びに対する警戒を解いていないのだ。

左近は見定めた。

浜松藩は、仮に宇都宮藩と和睦を進めていたとしても油断はしていない。

大番頭の藤堂嘉門と片岡兵庫は、事あらば一気に二荒忍びを壊滅し、戸田忠温の首を獲る態勢を崩してはいないのだ。

最早、勝敗は決している。

左近は、陽炎たち秩父忍びを苦しめた二荒忍びの衰退を喜んだ。だが、二荒の天狗と宇都宮藩総目付の黒木主水を葬った今、窮地に立たされた残る二荒忍びの者たちに微かな哀れみを覚えた。


宇都宮藩江戸上屋敷の表門脇の潜り戸が開いた。

羽織袴の武士が潜り戸から現れ、被っていた塗笠をあげて辺りを見廻した。

不忍池の畔の料理屋で藤堂たちと逢った中年の武士……。

左近は見定めた。

「それでは宗方さま、お気を付けて……」

番士と中間たちは、塗笠を被って出掛けて行く中年の武士を見送った。

左近は、塗笠を被った中年の武士を追った。


宗方……。

左近は、漸く中年の武士の名を知った。

宗方は、塗笠を目深に被って御徒町の組屋敷街に向かった。

左近は追った。

御徒町を抜けると下谷広小路であり、東叡山寛永寺《とうえいざんかんえいじ》や不忍池がある。

宗方は、昨日に続いて不忍池の畔にある料理屋『初川』に行く……。

左近は、宗方の行き先を読んだ。


不忍池の畔を散策する者は少なかった。

宗方は、料理屋『初川』に続く小道に入って行った。

読み通りだ……。

左近は見定めた。

宗方は、今日も藤堂嘉門や片岡兵庫に逢うのかもしれない。

宗方は、料理屋『初川』の老下足番《げそくばん》に迎えられて暖簾を潜った。

老下足番は宗方を見送り、玄関先の掃除を始めた。

よし……。

左近は、老下足番に近付いた。

「つかぬ事を尋ねるが、今入って行った客は宇都宮藩の宗方さまではないかな」

左近は、老下足番に尋ねた。

「はい、はい。仰る通り、宇都宮藩の宗方采女正さまにございますが……」

老下足番は、左近を宗方の知り合いだと思ったのか、警戒もなく頷いた。

「やはりな。ならば、初川で逢う相手は浜松藩の方々だな」

左近は鎌を掛けた。

「はい。そう聞いております」

老下足番は頷いた。

「昨日に続き今日も、とは……」

「ええ。御側用人さまとは、お忙しい御役目でございますね」

老下足番は同情した。

「うむ。邪魔をしたな……」

左近は、老下足番に礼を云って小道から出て行った。


宇都宮藩側用人、宗方采女正……。

左近は、藤堂嘉門と秘かに逢っている相手が宇都宮藩の側用人の宗方采女正だと漸く知った。

藤堂嘉門と宗方采女正は、秘かに何を話し合っているのだ。

何の話だ……。

左近は知りたかった。

二人の武士が、不忍池の畔をやって来た。

藤堂嘉門と片岡兵庫だ。

左近は、料理屋『初川』の裏手に走った。


料理屋『初川』の離れ座敷は、手入れされた庭に面していた。

左近は庭の植込みの陰に忍び、障子の開けられている離れ座敷を見詰めた。

離れ座敷には、藤堂嘉門と宗方采女正が向かい合っていた。

声が聞こえなくても、唇の動きを読めば話は分かる。

大番組の片岡兵庫がいる限り、天井裏や縁の下の潜むのは危険なだけだ。

左近は、庭の植込みの陰から藤堂と宗方の唇の動きを読む事にした。

藤堂と宗方は話を始めた。

控えていた片岡兵庫が立ち上がり、離れ座敷の障子の傍に佇んで庭に殺気を放った。

左近は、素早く己の気配を消して忍んだ。

片岡は、放った殺気に対する反応がないのを見定め、障子を閉めた。

藤堂と宗方は、障子の陰に消えた。

おのれ……。

左近は、片岡兵庫の油断のなさに苦笑するしかなかった。

宇都宮藩藩主の戸田忠温は、側用人の宗方采女正が浜松藩大番頭の藤堂嘉門と逢っている事を知っているのか……。

左近は想いを巡らせた。

知っているかどうかより、忠温が命じた事なのかもしれない。

もしそうだとすると、殺し合いの先頭に立っている二荒忍びの知らぬ処《ところ》で事は密やかに動いているのだ。そして、知らぬ処で物事が決まれば、二荒忍びは宇都宮藩の邪魔者として見棄てられる。

左近は読んだ。

それは、二荒忍びの者たちが皆殺しにされ、壊滅することを意味していた。

左近は、二荒忍びが厳しい立場に追い込まれ始めているのを知った。

一刻程が過ぎた。

藤堂嘉門と片岡兵庫は、料理屋『初川』を後にした。続いて宗方采女正が出て来て下谷広小路に向かった。

左近は、宗方を追った。

宗方は、下谷七軒町の宇都宮藩江戸上屋敷に帰った。

左近は見届けた。

宇都宮藩江戸上屋敷は、二荒忍びの張る結界に辛うじて護られていた。

今のところ、変わった様子はない……。

左近は、微かな安堵を覚えた。

老僕姿の二荒の玄平が、裏門に続く路地から出て来て辺りを窺った。

出掛ける……。

左近は読んだ。

玄平は、神田川に向かった。

左近は追った。


二荒の玄平は、神田川を渡って日本橋に進んだ。

何処に行くのだ……。

左近は、慎重に尾行た。

二荒の玄平は、宇都宮藩側用人の宗方采女正が藤堂嘉門や片岡兵庫と秘かに逢っているのを知っているのか……。

おそらく、二荒の玄平は何も知らない筈だ。

知らずに宇都宮藩江戸上屋敷と戸田忠温を護り、水野忠邦の首を獲ろうとしている。

所詮、忍びの者は使い棄てなのだ。

左近は、足早に行く二荒の玄平の後ろ姿に儚《はかな》さを覚えた。

愛宕山の下には寺が連なっていた。

左近は、戸惑いを浮かべて尼寺『祥蓮院』を見詰めていた。

二荒の玄平は、尼寺『祥蓮院』に入ったままだった。

尼寺『祥蓮院』は、浜松藩藩主水野忠邦の正室お由衣の方が信奉している祥蓮尼が院主だ。

二荒の玄平は、その尼寺『祥蓮院』に何の用があって来たのだ。

左近の戸惑いは募った。

陽は西に大きく傾いた。

尼寺『祥蓮院』の山門が開き、風呂敷包みを持った二荒の玄平が若い尼僧と一緒に出て来た。

若い尼僧……。

左近は、二荒の玄平と一緒に出て来た若い尼僧に見覚えがあった。

春妙尼……。

左近は、二荒の玄平と尼寺『祥蓮院』から出て来た若い尼僧が春妙尼だと気付いた。

春妙尼は、不忍池の畔の古寺の裏庭の隅の庵から愛宕山の下の尼寺『祥蓮院』に来ていたのだ。

左近は知った。

二荒の玄平は、老僕として春妙尼に付き従って桜川の通りを北に向かった。

何処に行くのだ……。

左近は追った。


外濠に夕陽が映えた。

春妙尼と荷物を持った二荒の玄平は、外濠に架かっている新シ橋を渡り、外桜田の大名屋敷街に入った。

左近は追った。

外桜田の大名屋敷街を抜けると内濠になり、桜田御門が架かっている。

春妙尼と二荒の玄平は、内濠に架かっている桜田御門に向かった。

桜田御門を渡ると西御丸下であり、浜松藩江戸上屋敷がある。

春妙尼と二荒の玄平は、浜松藩江戸上屋敷に行く……。

左近は続いた。

春妙尼と二荒の玄平は、桜田御門を渡って西御丸下に入った。

左近は眉をひそめた。

浜松藩江戸上屋敷に行って何をする気なのだ……。

左近は読んだ。


西御丸下の浜松藩江戸上屋敷は、風魔忍びの結界が厳重に張り巡らされていた。

春妙尼と二荒の玄平は、浜松藩江戸上屋敷に忍び込むつもりなのか……。

だが、忍び込めば、風魔忍びが殺到して一瞬にして葬られる。

二荒の玄平は、それを良く知っている筈だ。

左近は、二荒の玄平と春妙尼を見守った。

二荒の玄平と春妙尼は、浜松藩江戸上屋敷の表門脇の潜り戸に近付き、屋敷内に声を掛けた。

「愛宕山は祥蓮院の祥蓮尼さまの使いの者にございますが、お由衣の方さまにお届け物にございます」

二荒の玄平は、潜り戸の向こうに告げた。

覗き窓が開き、番士が春妙尼と二荒の玄平を見定めて潜り戸を開けた。

「祥蓮院の春妙尼にございます。祥蓮尼さまの言い付けでお由衣の方さまに贈物を持参致しました」

春妙尼は告げた。

「奥方さまにお取次ぎを致します。お入り下さい……」

番士は告げた。

「忝《かたじけの》うございます」

春妙尼は手を合わせ、二荒の玄平を伴って浜松藩江戸上屋敷に入った。

潜り戸は閉められた。

左近は見届けた。

二荒の玄平と春妙尼は、正室お由衣の方が帰依《きえ》する祥蓮尼の使いの者として浜松藩江戸上屋敷に入った。

風魔忍びは気付かなかった。

搦め手から来たか……。

左近は苦笑した。

二荒の玄平と春妙尼は、浜松藩江戸上屋敷に入って水野忠邦の首を獲るつもりなのだ。

左近は睨んだ。

果たして首尾良く行くのか……。

左近は、二荒の玄平と春妙尼の動きを見届けたかった。だが、左近が忍び込めば、風魔忍びの結界が黙ってはいない。

どうする……。

左近は、微かな焦りを覚えた。

夕陽は西御丸の向こうに沈み、西御丸下は大禍時《おおまがとき》の薄暗さに覆われた。


夜が訪れた。

左近は、浜松藩江戸上屋敷の隣の大名屋敷の屋根の上に忍び続けた。

浜松藩江戸上屋敷に張られた風魔忍びの結界は、綻《ほころ》びもなければ緩みもしなかった。

二荒の玄平と春妙尼は、厳重な風魔忍びの警戒の中で如何に水野忠邦の首を狙うのか……。

左近は見守った。

浜松藩江戸上屋敷の奥御殿は、静けさに満ちていた。

春妙尼と二荒の玄平は、奥御殿の御客の間で正室お由衣の方が来るのを待っていた。

二荒の玄平は、御客の間の周囲を窺った。

流石《さすが》に奥御殿だ。

風魔忍びの気配も殺気もない……。

二荒の玄平は見定め、嘲りを浮かべた。

「玄平……」

春妙尼は、玄平を促した。

「はい……」

玄平は頷き、持って来た風呂敷包みから香炉《こうろ》を取り出し、火種を入れた。

春妙尼は、懐から蒔絵《まきえ》の香合《こうごう》を出した。そして、中から紫色の香を出して香炉に入れた。

香に火が移り、紫色の煙が揺れながら立ち昇り始めた。

春妙尼と二荒の玄平は、手拭《てぬぐい》で鼻と口を塞いだ。

紫色の煙は、御客の間に漂って満ちた。
二荒の玄平は、御客の間の襖を開けた。
紫色の煙は、廊下や天井板の隙間にゆっくりと流れた。
廊下を来た腰元は、流れる紫色の煙に戸惑いを浮かべた。
次の瞬間、腰元は全身を痺《しび》れさせ、気を失って崩れ落ちた。
春妙尼は、紫色の香を焚き続けた。
紫色の煙は、揺れながら立ち昇り続けた。

二

風魔忍びの結界が僅かに揺れた。
どうした……。
左近は、浜松藩江戸上屋敷を窺った。
風魔忍びの結界は揺れていた。
何かが起こった……。
春妙尼と二荒の玄平が動いたのだ。

左近は、五感を研ぎ澄ませた。
殺し合っている殺気はない……。
左近は読んだ。
風魔忍びの結界が綻んだ。
今だ……。
左近は、隣の大名家の屋根を蹴って夜空に大きく跳んだ。

左近は、浜松藩江戸上屋敷の厩の屋根に飛び下りた。
結界を張っている風魔忍びの者は、襲い掛かって来ない。
何が起こったのだ……。
左近は、屋敷内を窺った。
見張りの家来と風魔忍びの者が、内塀の傍に気を失って倒れていた。
微かに異様な臭いがした。
痺れ香……。
左近は、異様な臭いが痺れ香だと気付いた。
春妙尼と二荒の玄平は、祥蓮尼の使いを装って正室お由衣の方を訪れ、奥御殿に通された。そして、痺れ香を焚いたのだ。

家来や風魔忍びを痺れ香で眠らせ、その隙に水野忠邦の首を獲る。

二荒忍びの最後の攻撃なのかもしれない……。

左近は読んだ。

奥御殿だ……。

左近は、牛の胃の腑《ふ》で作った袋に綺麗な空気を入れた。

牛の胃の腑で作った袋は、水中に潜って忍ぶ時に使う忍び道具だ。

左近は、空気を入れた牛の胃の腑の袋を持って奥御殿に急いだ。


痺れ香の紫色の煙は、揺れながら立ち昇り続けた。

春妙尼は、痺れ香を焚き続けた。

少女の頃から痺れ香を焚いて来た春妙尼は、紫色の煙と香りに慣れて既に痺れない身体になっていた。


奥御殿には、痺れ香の紫色の煙と香りが広がり続けた。

宿直の武士や腰元は、痺れ香に痺れて次々に気を失っていった。

二荒の玄平は、牛の胃の腑の袋に入れた空気を吸いながら奥御殿に来ている筈の水野忠邦を捜した。

局《つぼね》部屋、長囲炉裏の間、御広座敷《おひろざしき》、御次《おつぎ》の間、御茶の間……。

痺れて気を失っている者の中に水野忠邦はいなかった。

玄平は、尚も御居間や御座之間に進んだ。


御座之間には、水野忠邦と正室お由衣の方が気を失って倒れていた。

水野忠邦……。

漸く水野忠邦の首を獲り、雇主である宇都宮藩の期待に応えられる。そして、それは二荒忍びの名を高めるのだ。

玄平は、忍び刀を抜いて気を失っている水野忠邦に止めを刺そうとした。

刹那、天井から大きな鳥が音もなく玄平の背後に舞い降りた。

玄平は振り返った。

次の瞬間、玄平の腹に風魔小太郎の大苦無が叩き込まれた。

「ふ、風魔小太郎……」

玄平は、顔を苦しく歪めた。

「二荒の痺れ香、俺には効かぬ……」

風魔小太郎は、冷酷な笑みを浮かべて玄平の腹に叩き込んだ大苦無を抉った。

玄平は、苦しく呻いて絶命した。

「死ね、二荒の玄平……」

風魔小太郎は、嘲りを浮かべて御客の間に向かった。


左近は、牛の胃の腑の袋の空気を吸いながら漂う痺れ香の出処を辿った。

奥御殿の御客の間……。

左近は、痺れ香の出処を見極めて急いだ。


痺れ香の紫色の煙は、揺れながら立ち昇り続けていた。

春妙尼は、香を焚き続けた。

風魔小太郎が背後に現れた。

香炉から立ち昇る紫色の煙が大きく揺れた。

次の瞬間、春妙尼は大きく身を投げた。

風魔小太郎の大苦無が閃いた。

春妙尼は素早く立ち上がり、折り畳みの忍び鎌を構えた。

「生憎《あいにく》、痺れ香、俺には効かぬ……」

風魔小太郎は冷笑を浮かべた。

「風魔小太郎か……」

春妙尼は、微かに声を震わせた。

「春妙尼、伝説の八百比丘尼を気取って庄屋や御大尽の屋敷に入り込み、痺れ香で眠らせて金を奪う。盗賊働きだけしていれば良いものを……」

風魔小太郎は蔑んだ。

「黙れ……」

春妙尼は、忍び鎌を閃かせて風魔小太郎に飛び掛かった。

風魔小太郎は、大苦無を閃かせた。

春妙尼は、忍び鎌を弾き飛ばされた。

「春妙尼、玄平の後を追うが良い……」

風魔小太郎は嗤《わら》った。

「玄平が……」

春妙尼は、玄平が既に斃されたのを知った。

「死ね……」

風魔小太郎は、大苦無を翳して春妙尼に迫った。

春妙尼は凍て付いた。

刹那、隣室の襖を蹴倒して左近が現れ、風魔小太郎に無明刀を一閃した。

風魔小太郎は、跳び退いて躱した。

左近は、紫色の煙を立ち昇らせている香炉を蹴り飛ばした。

香炉は、風魔小太郎に向かって飛んだ。

風魔小太郎は、袖無し羽織を翻して躱した。

香炉は襖に当たって転がり、御客の間に火の粉を撒き散らした。

風魔小太郎は、思わず狼狽《うろた》えた。

火事になっては一大事……。

たとえ小火《ぼや》であっても、西御丸下の浜松藩江戸上屋敷には決して許されない事だ。

風魔小太郎は焦った。

左近は、無明刀を閃かせた。

風魔小太郎は咄嗟に躱した。

頭巾が斬り飛ばされ、風魔小太郎の顔が露わになった。
片岡兵庫……。
風魔小太郎は、浜松藩大番組の片岡兵庫だった。
「やはりな……」
左近は嗤った。
「おのれ、日暮左近……」
片岡兵庫は怒りを浮かべた。
火の粉は襖に燃え移り、炎をあげた。
片岡兵庫は狼狽えた。
今だ……。
左近は、春妙尼を連れて御客の間を出て廊下に走った。

廊下には家来や腰元たちが、気を失って倒れていた。
左近は、春妙尼を連れて廊下を走った。
春妙尼は、衣を翻して続いた。
左近は、雨戸を蹴破って庭に出た。そして、内塀を跳び越えた。

春妙尼は続いた。

左近は、春妙尼を連れて浜松藩江戸上屋敷から脱出した。

御客の間の火は片岡兵庫が消したのか、西御丸下は静寂に包まれていた。


夜霧は不忍池を覆い、鳥の鳴き声が甲高く響いていた。

春妙尼は、香を焚いて殺された玄平のために経を読んだ。

左近は、背後から見守った。

春妙尼は、経を読み終えた。

「何故、助けた……」

春妙尼は、背後にいる左近を振り返らずに訊いた。

「さあて、どうしてかな……」

左近は苦笑した。

「日暮左近は秩父忍び。二荒忍びの天狗はその秩父忍びの者共を闇討ちの手駒に使い、おぬしに斬られて死んだ。二荒忍びに恨みはあっても、助ける謂《いわ》れはあるまい……」

「如何にも。俺は秩父忍びを滅亡に追い込もうとした二荒忍びを許さぬ。だが、二荒忍びから抜ける者は助ける……」

左近は告げた。

「左近……」

春妙尼は眉をひそめた。

「春妙尼、お前たち二荒忍びを雇っている宇都宮藩側用人の宗方采女正は、浜松藩大番頭の藤堂嘉門と既に通じている」

「何……」

春妙尼は驚き、左近を振り返った。

「おそらく、宇都宮藩藩主の戸田忠温は、水野忠邦に詫びを入れ、お前たち二荒忍びの生き残りを人身御供に差し出すつもりだろう」

左近は、己の読みを告げた。

「まことか、それはまことなのか……」

春妙尼は狼狽えた。

「嘘かまことかは、おそらく明日になれば分かる筈だ」

「明日……」

「ああ。それ迄、此処で大人しくしているのだな……」

左近は笑い掛けた。

鳥の鳴き声が再び甲高く響いた。


夜が明けた。

下谷七軒町の宇都宮藩江戸上屋敷は、静かな朝を迎えた。

雲水の不動は、異様な殺気を感じた。

異様な殺気は、宇都宮藩江戸上屋敷を覆い包んでいた。

風魔忍び……。

不動は、江戸上屋敷の屋根に上がって周囲を窺った。

向かい側の松前藩江戸上屋敷を始めとした左右の大名屋敷、そして裏に連なっている寺の屋根から殺気は放たれていた。

「不動……」

結界を張っている二荒忍びの者たちは、異様な殺気を感じて狼狽えていた。

「風魔忍びだ。結界を緩めるな……」

「やはり……」

二荒忍びは、微かな怯えを過ぎらせた。

玄平、春妙尼……。

不動は、玄平と春妙尼の水野忠邦闇討ちが不首尾に終わったのに気が付いた。

玄平と春妙尼は死んだ……。

不動は、胸の内で手を合わせた。

風魔小太郎は、玄平と春妙尼の闇討ちを怒り、配下の忍びの者に宇都宮藩江戸上屋敷を包囲させた。

包囲は襲撃する構えなのか……。

それとも、脅しなのか……。

不動は読んだ。


江戸湊は朝陽に輝き、鉄砲洲波除稲荷には波が静かに打ち寄せていた。

片岡兵庫は、公事宿『巴屋』の寮を窺った。

公事宿『巴屋』の寮には、日暮左近と春妙尼が潜んでいる気配はない。

片岡兵庫は見定め、寮に忍び込んだ。

寮の中は冷え冷えとしており、左近と春妙尼が立ち寄った形跡は何もなかった。

片岡兵庫は眉をひそめた。

左近と春妙尼は、鉄砲洲波除稲荷裏の公事宿『巴屋』の寮に立ち寄る事もなく、別の処に潜んでいる。

生かしておけぬ……。

片岡兵庫は、二荒忍びの春妙尼を連れ去り、頭巾を斬り飛ばして正体を知った日暮左近に静かな怒りを抱いていた。


不忍池の畔の料理屋『初川』は、離れ座敷に浜松藩大番頭の藤堂嘉門と宇都宮藩側用人の宗方采女正を迎えていた。

「二荒忍びの者共が……」

宗方采女正は眉をひそめた。

「左様。昨夜、我が藩上屋敷に忍び、我が殿のお命を奪わんとした。それは我が殿に恭順の意を示して油断させ、それに乗じて闇討ち致せとの、戸田忠温さまの御指図によるものかな……」

藤堂嘉門は、宗方采女正を厳しく見据えた。

「いいえ。我が殿や手前の知るところではござらぬ。二荒忍びの者共が功を焦っての事かと……」

采女正は、微かな焦りを滲ませた。

「まことか……」

「如何にも……」

采女正は頷いた。

「ならば、此の始末、如何致すかな……」

藤堂は、冷たく笑った。


風魔忍びは、宇都宮藩江戸上屋敷の包囲を解いて姿を消した。

不動たち二荒忍びの者たちは、微かな安堵を覚えながらも戸惑いを覚えた。

何故だ。何故、包囲を解いた……。

不動は、戸惑いを募らせた。


「して采女正、二荒忍び、水野忠邦の首を獲る寸前に迄、迫ったのか……」

戸田忠温は、肉に埋れた首を伸ばした。

「はい。藤堂嘉門の言葉によれば、そのようにございます」

「だが、不首尾に終わったか……」

戸田忠温は、残念そうに眉をひそめた。

「はい。して殿、誓紙《せいし》にございますが……」

采女正は、戸田忠温を見詰めた。

「誓紙か……」

「はい。まこと恭順の意があるなら、誓紙を入れろと……」

「采女正、誓紙など望むだけ何枚でも書いてやる」

戸田忠温は、肉付きの良い頬に狡猾な笑みを浮かべて云い放った。

「流石《さすが》は殿……」

采女正は苦笑した。


側用人宗方采女正は、二荒忍びの不動たち主だった者を呼んだ。

不動たちは、采女正の前に控えた。

「毎日、ご苦労だな……」

采女正は、不動たちを労った。

「いえ。して宗方さま、御用とは……」

不動は尋ねた。

「それなのだが、故あって我が殿は今日、御微行で千駄ケ谷の下屋敷に参る。二荒忍びの者たちは、秘かにお供をしてくれ」

「ならば、上屋敷の警備は……」

「上屋敷より殿のお命だ……」

采女正は、厳しい面持ちで告げた。


宇都宮藩江戸上屋敷は、風魔忍びの包囲も二荒忍びの結界も解かれ、穏やかな静けさに覆われていた。

「結界が解かれている……」

春妙尼は、戸惑いを浮かべた。

「昨夜、襲われた風魔忍びが忍んでいる気配もない……」

左近は眉をひそめた。

昨夜の玄平と春妙尼の攻撃は、風魔忍びの怒りを激しくしている筈なのだ。だが、風魔忍びの気配は窺えなかった。

何かが企てられている……。

左近の勘が囁いた。

その企ては、二荒忍びに向けられているのかもしれない。

左近は読んだ。

宇都宮藩江戸上屋敷の表門が軋みを立てて開けられ、大名家の重臣が使う留守居駕籠が供侍を従えて出て来た。

左近と春妙尼は、物陰から見守った。

留守居駕籠一行は、三味線堀の通りに向かった。

「追うぞ……」

左近は、春妙尼を促して留守居駕籠一行を追った。


雲水、行商人、お店者、浪人、職人……。

三味線堀の傍の向柳原通りには、様々な者が行き交っていた。

左近と春妙尼は、留守居駕籠一行を追った。

「不動だ……」

春妙尼は、留守居駕籠一行の背後を行く雲水を示した。

「二荒忍びか……」

「そうだ……」

春妙尼は頷いた。

左近は、留守居駕籠一行の周囲を行く者たちを窺った。

「二荒忍び、留守居駕籠を秘かに警護しているようだな」

「うむ……」

春妙尼は、厳しい面持ちで頷いた。

二荒忍びが警護する留守居駕籠に乗る者は、戸田忠温しかいない。

左近は読んだ。

留守居駕籠一行は、向柳原通りから神田川に進んだ。


御微行の殿は、留守居駕籠で千駄ケ谷の江戸下屋敷に行く……。

不動たち二荒忍びは、側用人の宗方采女正にそう告げられ、留守居駕籠一行の警護を命じられた。

二荒忍びは、様々な形に姿を変えて留守居駕籠の警護についていた。

留守居駕籠一行は、神田川の北岸の道を西に進んだ。

留守居駕籠一行は、筋違《すじかい》御門、小石川《こいしかわ》御門の袂を進んだ。

左近は、春妙尼と留守居駕籠一行を追った。

「どうやら、行き先は千駄ケ谷の宇都宮藩江戸下屋敷だな」

左近は読んだ。

「宇都宮藩の江戸下屋敷……」

春妙尼は眉をひそめた。

「うむ……」

左近は頷いた。

宇都宮藩側用人の宗方采女正は、不動たち二荒忍びを千駄ケ谷の下屋敷に移し、風魔忍びに人身御供として差し出す……。

左近は読んだ。

どうする……。

左近は、陽炎たち秩父忍びを苦しめた二荒忍びを根絶やしにするつもりだ。もし、風魔忍びが二荒忍びを皆殺しにするなら、左近は手を汚さずに済むのだ。

それで良いのか……。

左近に迷いが浮かんだ。

留守居駕籠一行は、外濠沿いの道を四ツ谷御門に向かっていた。

左近は、春妙尼を伴い留守居駕籠一行を追った。

三

千駄ケ谷の広い田畑の緑は、微風に揺れていた。

留守居駕籠の一行は、宇都宮藩江戸下屋敷に入って行った。

雲水の不動たち二荒忍びは見届け、江戸下屋敷の裏門に廻った。

左近は、春妙尼と物陰から見送った。

「二荒忍びは下屋敷の護りにつくのだろう」

左近は読んだ。

「それで、風魔忍びが襲うと云うのか……」

春妙尼は眉をひそめた。

「うむ。二荒忍びを上屋敷から下屋敷に移したのが何よりの証。此処なら公儀を気にせず二荒忍びを葬れる……」

「おのれ、風魔……」

春妙尼は、風魔忍びに怒りを滲ませた。

「春妙尼、怒る相手は風魔だけではない。二荒忍びを風魔に差し出した宇都宮藩側用人の宗方采女正だ」

左近は告げた。

「宗方采女正……」

春妙尼は呟いた。

「うむ……」

左近は頷いた。

「左近、私は不動に報せる」

「春妙尼、報せたところで手遅れだろう」

「手遅れ……」

「如何にも。おそらく下屋敷は、既に風魔忍びに押さえられている。最早、二荒忍びは罠に掛かった兎も同然……」

「ならば、尚更《なおさら》一刻も早く……」

春妙尼は焦った。

「春妙尼、行けばお前も殺される。それでも行くか……」

「左近、お前も仲間の秩父忍びのために命を懸けたなら、私の気持ちは分かるだろう……」

春妙尼は云い放った。

「春妙尼……」

左近は、図星を突かれて言葉を失った。

「折角《せっかく》、助けてくれた命だが、すまぬ……」

春妙尼は、宇都宮藩江戸下屋敷の土塀に跳んだ。そして、下屋敷内を窺い、土塀の内側に飛び下りた。

左近は見送った。


宇都宮藩江戸下屋敷内は、静けさに満ち溢れていた。

春妙尼は、二荒忍びの者を捜して土蔵から厩の裏を進んだ。

「春妙尼……」

忍び姿の不動は、戸惑った面持ちで現れた。

「不動……」

春妙尼は、微かな安堵を浮かべた。

「生きていたのか……」

不動は喜んだ。

「それより不動。此《これ》は風魔忍びの罠だ。早く逃げるのだ」

「風魔忍びの罠……」

不動は戸惑った。

「うむ。宗方采女正に裏切られたのだ……」

春妙尼は告げた。

刹那、表御殿の屋根の上から二荒忍びの者が転げ落ちて来た。

不動と春妙尼は、咄嗟に跳び退いて表御殿の屋根を見上げた。

表御殿の屋根に大きな鳥が留まっていた。

風魔忍びの頭領、風魔小太郎だった。

「風魔小太郎……」

春妙尼は声を引き攣らせ、不動は激しく驚いた。

次の瞬間、風魔忍びの者たちが殺気を放ちながら下屋敷内に現れた。

二荒忍びの者たちが、不動と春妙尼の許に集まった。

「二荒忍びの者共、一人残らず引導を渡してやる。迷わず成仏するのだな」

風魔小太郎は、冷酷に笑った。

「どういう事だ……」

不動たち二荒忍びは狼狽え、混乱した。

「宗方采女正は、我ら二荒忍びを宇都宮藩が浜松藩に詫びを入れる生け贄《いにえ》にしたのだ」

春妙尼は悲痛に叫んだ。

「その通りだ。お前たちは俺の乗った留守居駕籠を護って来たのだ。戸田忠温と宗方采女正、今頃は何事も水野忠邦さまに従うとの誓紙を差し出しているだろう」

風魔小太郎は嘲笑した。

「お、おのれ……」

二荒忍びの者たちの混乱は募った。

次の瞬間、風魔忍びの者たちは、春妙尼や不動たち二荒忍びに手裏剣を放った。

集まっていた二荒忍びは、咄嗟に飛び散って飛来する手裏剣を躱した。

飛び散って手裏剣を躱した二荒忍びの者には、数人の風魔忍びの者が殺到した。

忍び刀が煌めき、二荒忍びの者は血塗れになって斃れた。

風魔の手裏剣は、二荒忍びの者たちを分断するためだった。

分断された二荒忍びの者たちは、数人掛かりの風魔忍びの激しい攻撃に晒された。

春妙尼や不動たち二荒忍びの者たちは必死に闘った。必死に闘って宇都宮藩江戸下屋敷から脱出しようとした。だが、風魔忍びの者の攻撃は、前夜に春妙尼の痺れ香に眠らされた屈辱を晴らさんと峻烈《しゅんれつ》を極めた。

忍びの者同士の殺し合いは、怒号も悲鳴もなく肉が斬り裂かれ、血の飛び散る音だけが不気味に鳴った。

二荒忍びの者たちは、血を飛ばして次々に斃されていった。

不動は、錫杖に仕込んだ管槍《くだやり》を振るって必死に闘った。

春妙尼は、忍び鎌を煌めかせて風魔忍びの者の首の血脈を斬り裂いた。

表御殿の屋根にいた風魔小太郎は、袖無し羽織の長い裾を翼のように翻して飛んだ。

不動は、頭上から襲い掛かる風魔小太郎に気付き、管槍を放った。

風魔小太郎は管槍を躱し、不動の肩を鋭く蹴り飛ばした。

鈍い音がした。

不動は、肩の骨を折られて仰向けに倒れた。
風魔忍びの者たちが、倒れた不動に忍び刀を翳して殺到した。
「不動……」
春妙尼は、悲鳴のように叫んだ。
不動は、血に塗れて風魔忍びの者たちの中に沈んだ。
二荒忍びの者は次々に斃され、春妙尼と若い忍び竜介《りゅうすけ》の二人が残った。
春妙尼と若い二荒忍びの竜介は、全身に浅手を負って風魔忍びに取り囲まれた。
「春妙尼、最早、残る二荒忍びはお前たち二人だけだ……」
風魔小太郎は、冷徹に見据えて大苦無を輝かせた。
「おのれ、風魔小太郎……」
春妙尼は、無念さに声を震わせた。
刹那、風魔小太郎は大きく跳び退いた。
同時に、風魔小太郎のいた処に焙烙玉が投げ込まれて爆発した。
白煙が噴き出した。
風魔小太郎と風魔忍びの者たちは、焙烙玉を投げ込んだ者を捜した。
焙烙玉が次々に投げ込まれ、爆発をしては白煙を噴き上げた。

風魔小太郎は、噴き上がる白煙の隙間から厩の屋根に左近がいるのに気が付いた。

日暮左近……。

風魔小太郎は、地を蹴って厩の屋根に跳んだ。だが、厩の屋根に左近は既にいなかった。

何処《どこ》だ。日暮左近は何処だ……。

風魔小太郎は、白煙の広がる眼下を見た。

広がる白煙を渦巻かせて、風魔忍びの者たちが出て来た。

春妙尼たちはどうした……。

風魔小太郎は、消え始めた白煙を見詰めた。

風魔忍びの者たちも、消え始めた白煙を取り囲んだ。

白煙は揺れて消えた。

春妙尼と若い二荒忍びの竜介はいなく、三人の風魔忍びの者が斬り斃されていた。

風魔小太郎は、左近が焙烙玉を投げ込んで春妙尼と若い二荒忍びの者を助け出したのを知った。

おのれ日暮左近、又しても……。

風魔小太郎は、左近に静かな憎悪を燃やした。

必要なら何度でも頭を下げるし、幾らでも誓紙を差し出す……。

宇都宮藩藩主戸田忠温は、水野忠邦に平伏して恭順の意を約束した誓紙を差し出した。

浜松藩水野忠邦と宇都宮藩戸田忠温の暗闘は終わった。

「此で良いだろう、采女正……」

戸田忠温は苦笑した。

「流石は我が殿にございます。頭を下げて舌を出し、差し出した誓紙などは手習いの反古《ほご》だと思えば良いかと存じます」

宗方采女正は、狡猾な笑みを浮かべた。

「そうして時を待つか……」

「はい。月は満ちれば欠けるものにございます。水野忠邦の威勢、今が満月かと……」

采女正は読んだ。

「ならば、そろそろ欠け始めるか……」

「はい……」

采女正は嗤った。

「うむ。ところで采女正、二荒忍びの者共はどうした……」

「風魔小太郎と配下の者共に皆殺しにされたものと存じます」

「そうか、皆殺しの痕跡、塵《ちり》一つ残さず、抜かりなく始末致せ」

戸田忠温は命じた。

「仰せ迄もなく……」

采女正は頷いた。


夕陽は不忍池に映えた。

古寺の裏庭の隅にある小さな庵には、煎じ薬の匂いが漂っていた。

若い二荒忍びの竜介は、全身に負った傷の手当てをしていた。

二荒忍びの竜介は、春妙尼と共に風魔忍びの包囲から左近に助け出された。そして、春妙尼に連れられて不忍池の畔の小さな庵に逃げて来ていた。

竜介は、傷の手当てを終えた。

春妙尼は、台所から薬草を煎じた土瓶を持って来た。

「竜介、傷の手当ては済んだか……」

「はい。どうにか……」

「ならば化膿止めの煎じ薬だ。飲んでおけ……」

春妙尼は、土瓶の煎じ薬を湯呑茶碗に注いで竜介に差し出した。

「はい……」

竜介は、煎じ薬を飲み始めた。

春妙尼は、少年の面影を残している竜介を見守った。

竜介は、煎じ薬の苦さに顔を顰《しか》めていた。

二荒忍びの生き残り……。

春妙尼は、二荒忍びの生き残りが自分と若い竜介の二人だけなのに悄然《しょうぜん》とした。

春妙尼は、不忍池の畔に佇んで水面に映える夕陽を眺めていた。

背後に人の気配がした。

春妙尼は振り返った。

左近がいた。

「左近、二度も助けてもらい、何と礼を云って良いのやら……」

春妙尼は、左近に深々と頭を下げた。

「そんな事より、戸田忠温、水野忠邦に詫びの誓紙を差し出したそうだ……」

「そうか……」

玄平や不動たち二荒忍びの者たちは、無駄死にをしていった。

春妙尼は、虚しさを覚えずにはいられなかった。

所詮、忍びは徒花《あだばな》なのだ……。

左近は、春妙尼の胸の内を読んだ。

「これからどうする……」

「二荒忍びは滅んだ。叶う事なら死んだ玄平や不動たち二荒忍びの者の菩提《ぼだい》を弔《とむら》ってやりたい……」

春妙尼は、陽炎のように二荒忍びの再興を願わないようだ。

二荒忍びの再興を願えば、陽炎のように苦しむだけなのだ。

「だが、春妙尼、二荒の御館は良いのか……」

「左近、二荒の御館は胃の腑に出来た質《たち》の悪い腫物に苦しむ老人。玄平の話では、既に死の床に就いているそうだ」

「そうか。ならば、それが良いだろう……」

左近は頷いた。

「左近……」

「何よりの礼だ……」

左近は苦笑した。

「そうか……」

春妙尼は、水面に映える夕陽を淋しげに見詰めた。

水面に映える夕陽は揺れた。

西御丸下の浜松藩江戸上屋敷の庭には、鹿威しの甲高い音が響いていた。

「して、二荒忍びは滅んだのか……」

大番頭の藤堂嘉門は尋ねた。

「はい。女子供を除いては……」

片岡兵庫は告げた。

「女子供……」

藤堂は眉をひそめた。

「はい……」

「風魔小太郎ともあろうものが情けを掛けたのか……」

藤堂は苦笑した。

「いいえ。又しても日暮左近に邪魔を……」

片岡兵庫は、悔しさを滲ませた。

「日暮左近か。ま、女子供ならどうと云う事もあるまい」

「はっ。ですが、日暮左近は放って置けませぬ……」

片岡兵庫は、憎悪を滲ませた。


亀島川は八丁堀と霊岸島《れいがんじま》の間を流れ、日本橋川と八丁堀を南北に繋いでいる。

左近は、亀島川沿いの道を稲荷橋に進んでいた。

二荒忍びは、宇都宮藩に雇われて浜松藩との醜い政争に加わり、無惨に滅びた。

左近は、忍びの虚しさを感じると共に、利用した挙げ句、非情に切り棄てた宇都宮藩側用人の宗方采女正に怒りを覚えた。

所詮、忍びの者は人に非《あら》ず、使い棄ての道具に過ぎない……。

宗方采女正は、忍びの者を侮り蔑んでいる。

ならば、忍びの者の恐ろしさを篤《とく》と思い知らせてくれる……。

左近は、宗方采女正を恐怖に翻弄してから始末すると決めた。

行く手に見える鉄砲洲波除稲荷は、赤い幟旗《のぼりばた》を風に揺らしていた。


左近は、八丁堀に架かっている稲荷橋から鉄砲洲波除稲荷裏にある公事宿『巴屋』の寮を眺めた。

寮の周囲には、微かな殺気が窺われた。

風魔忍びの見張り……。

左近は読んだ。

浜松藩大番組の片岡兵庫こと風魔忍びの頭領風魔小太郎は、二荒忍びの春妙尼の始末を二度に亘《わた》って邪魔されたのを怒り、左近に牙を向けたのだ。

面白い……。

宗方采女正を始末する前に血祭りに上げてくれる。

左近は、寮に向かった。

風魔忍びが左近に気が付いたのか、寮の周囲に殺気が溢れた。

左近は、構わずに進んだ。
空を切る音が鳴り、手裏剣が飛来した。
左近は地を蹴り、鉄砲洲波除稲荷の境内に跳んだ。

五人の風魔忍びが追って現れ、鉄砲洲波除稲荷の境内に佇む左近を取り囲んだ。
左近は、五人の風魔忍びに笑い掛けた。
五人の風魔忍びは、左近に一斉に斬り掛かった。
左近は、僅かに踏み込んで無明刀を抜き打ちに放った。
風魔忍びの一人が、横薙ぎに斬られて倒れた。
残る四人の風魔忍びは怯まず、左近に襲い掛かった。
左近は、無明刀を縦横に閃かせた。
三人の風魔忍びが次々と倒れた。
無明刀は、風魔忍びの者の鉢金《はちがね》と鎖帷子《くさりかたびら》を鮮やかに斬り裂いていた。
恐るべき無明刀の斬れ味だった。
残るは一人……。
左近は、一人残った風魔忍びに無明刀を突き付けた。

無明刀の鋒《きつさき》から血が滴り落ちた。

一人残った風魔忍びは、忍び刀の鋒を恐怖に小刻みに震わせた。

「風魔小太郎に告げろ。忍びを侮り蔑む者を始末してから俺の方から行くとな……」

左近は、一人残った風魔忍びに笑い掛けて立ち去った。

一人残った風魔忍びは、膝からその場に崩れ落ちて激しく震えた。

何羽もの鷗が、煩《うるさ》い程に鳴きながら飛び交った。

四

下谷七軒町の宇都宮藩江戸上屋敷は、浜松藩との暗闘が終わって警戒も緩み、微かな安堵が漂っていた。

それは、秩父忍び、二荒忍び、そして風魔忍びたちの犠牲の上に成り立った安堵なのだ。

所詮、忍びは日陰に咲く徒花だが、余りにも虚しい……。

左近は、宇都宮藩側用人宗方采女正の屋敷を突き止めようとしていた。

側用人程の重臣は、上屋敷内に屋敷を与えられているのが普通だ。
宗方采女正にも上屋敷の北側に連なる重臣屋敷の一軒が与えられている筈だ。
よし……。
左近は、宇都宮藩江戸上屋敷の土塀の上に跳んだ。そして、上屋敷内を窺った。
表御殿の玄関先には、留守居駕籠が停められて轎夫と二人の供侍が待っていた。
重臣の誰かが出掛ける……。
左近は見守った。
宗方采女正が、二人の配下を従えて奥から式台に出て来た。
留守居駕籠で出掛けるのは、側用人の宗方采女正なのだ。
願ったり叶ったりだ……。
左近は苦笑した。
宗方采女正は、留守居駕籠に乗った。
左近は、土塀の上から飛び下りた。
宗方采女正を乗せた留守居駕籠は、四人の供侍を従えて御徒町に向かった。
左近は追った。

御徒町から下谷広小路に抜け、不忍池の畔に出る。
不忍池の畔には、宗方が浜松藩の藤堂嘉門と逢っていた料理屋『初川』がある。
宗方采女正は、料理屋『初川』で誰かと逢うのか……。
左近は読んだ。

料理屋『初川』からは、三味線の爪弾きが洩れていた。
宗方采女正は、左近の読み通りに不忍池の畔の料理屋『初川』にやって来たのだ。
左近は見届けた。
そして、誰と逢うのか……。
左近は、宗方の逢う相手に興味を抱いた。
留守居駕籠の一行が、不忍池の畔をやって来た。
宗方の逢う相手……。
左近は睨んだ。
料理屋『初川』の横手には人気《ひとけ》はなかった。

左近は、板塀を乗り越えて人気のない料理屋『初川』の横手に忍び込んだ。

宗方采女正は、藤堂と逢っていた離れ座敷を使っている筈だ。

左近は睨んだ。そして、料理屋『初川』の縁の下に潜り込み、離れ座敷の下に向かって進んだ。

宗方采女正は睨み通り、離れ座敷で大名家の重臣と逢っていた。

左近は縁の下を出て、離れ座敷の次の間に素早く忍び込んだ。

宗方たちの話し声が、座敷の襖越しに聞こえた。

左近は、己の気配を消して聞き耳を立てた。

「して宗方どの、某《それがし》に何用ですかな……」

「我が主、戸田忠温が御老中の丹波《たんば》国篠山《ささやま》藩青山下野守忠良《あおやましもつけのかみただなが》さまと誼《よしみ》を通じたいと申しましてな。それで本日は江戸御留守居役の島村《しまむら》どのにお運びいただいた次第にございます……」

宗方の笑みを含んだ声が聞こえた。

「ほう。戸田忠温さまが我が殿と……」

宇都宮藩藩主戸田忠温は、老中の青山下野守忠良に近付こうとしている。

今度は老中青山下野守か……。

それは、おそらく側用人の宗方采女正の企みなのだ。

何を企んでいるのか、懲りない奴だ……。

左近は苦笑した。


夕暮れ時が過ぎ、不忍池は大禍時の青黒さに覆われた。

宗方采女正は、丹波国篠山藩江戸留守居役の島村頼母《たのも》との懇談を終えた。

左近は、再び縁の下を通って料理屋『初川』の表に戻った。

島村の乗った留守居駕籠は、不忍池の畔を帰って行った。

左近は見送った。

僅かな刻が過ぎた。

料理屋『初川』から宗方が現れ、四人の供侍に迎えられて留守居駕籠に乗った。

宗方の乗った留守居駕籠一行は、女将や仲居、下足番たちに見送られて不忍池の畔を下谷広小路に向かった。

左近は追った。

大禍時の不忍池の畔には、行き交う人は途絶え始めた。

宗方の乗った留守居駕籠は、四人の供侍に護られて下谷広小路に向かって進んだ。

左近は先廻りをし、留守居駕籠一行の前に現れた。

「何者だ」

留守居駕籠の前にいた二人の供侍が、厳しく咎めながら左近に近寄った。

左近は、近付く二人の供侍を一瞬にして殴り倒した。

「お、おのれ、何をする……」

留守居駕籠の背後にいた二人の供侍が、狼狽《うろた》えながらも前に出て来た。

左近は、前に出て来た二人の供侍を蹴り倒した。

四人の供侍は、殴られ蹴られて気を失った。

輌夫たちは驚き、留守居駕籠を残して逃げ去った。

「どうした……」

宗方采女正は、留守居駕籠から戸惑った顔を出した。

左近は、宗方の襟首を鷲摑《わしづか》みにして留守居駕籠から引き摺り出した。

「や、止めろ。何をする……」

宗方は狼狽えた。

左近は、狼狽える宗方の脾腹《ひばら》に拳を鋭く叩き込んだ。

宗方は気を失った。

左近は、気を失った宗方を担ぎ上げて夜の闇に走った。


荒れ寺の本堂には月明かりが差し込み、黴《かび》臭かった。

祀《まつ》られている古い仏像は、その目鼻を鼠に齧《かじ》られたのか崩れていた。

左近は、気を失っている宗方采女正を放り出した。

宗方は、音を立てて転がった。

埃が舞い上がり、巣くっていた鼠が駆け廻った。

左近は、宗方の脇差を抜き取って下《さ》げ緒《お》を外した。そして、外した下げ緒で宗方を縛りあげた。

宗方は呻いた。

「おい。眼を覚ませ……」

左近は、宗方を揺り動かした。

宗方は眼を覚まし、激しく狼狽えて辺りを見廻した。

左近は、激しく狼狽える宗方を冷徹な眼で見据えた。

「誰だ。お前は誰だ……」

宗方は、恐怖に喉を引き攣らせた。

「宗方采女正、お前が利用し、侮り蔑む使い棄ての忍びの者だ」

左近は、嘲りを浮かべた。

「な、何……」

宗方は、嗄《しゃが》れ声を震わせた。

「忍びの者は人に非ず、金で動く只の人殺しの道具。そうだな、宗方采女正……」

左近は、宗方に笑い掛けた。

「ならば、どうだと云うのだ……」

宗方は、嗄れ声を引き攣らせて必死に左近を見返した。

「忍びの者も人だ。喜びもあれば哀しみもあり、恨みを晴らす心もある……」

左近は、無明刀を抜いた。

無明刀は鈍色に輝いた。

「な、何をする……」

宗方は、恐怖に衝き上げられた。
左近は嗤った。
宗方は震え、縛られたまま後退りした。
左近は、無明刀を縦横に振るった。
閃光が走った。
宗方は悲鳴をあげた。
数匹の鼠が、甲高い鳴き声をあげて駆け廻った。
宗方は、頬、胸元、腕、太股を斬られて血を流した。
左近は、血に濡れた無明刀を鋭く振った。
血が飛んだ。
左近は、無明刀を鞘に納めた。
「こ、殺せ。止めを刺せ……」
宗方は、覚悟を決めて苦しく叫んだ。
「いいや。此のままだ……」
「何だと……」
宗方は困惑した。

「此のまま血を流し続けて死ぬか、血の臭いに誘われて来る鼠に食われて死ぬか……」

左近は、宗方を見据えて冷酷に嗤った。

「そ、そんな……」

宗方は、衝き上げる恐怖に激しく震えた。

「宗方采女正、侮り蔑んで来た忍びの恐ろしさを篤と思い知るが良い……」

「助けて。どうか助けてくれ……」

宗方は、左近に必死に哀願した。

血が流れ、鼠が鳴きながら近付いた。

「頼む、助けてくれ……」

宗方は踠《もが》き、血と涙を流して泣き叫んだ。

「忍びも人だと知り、己の死に様を確《しか》と見届けるのだな……」

左近は、冷酷に云い放って本堂から立ち去った。

「助けてくれ……」

宗方は、悲痛に叫んだ。

斬られた傷のすべてから血は流れ、多くの鼠が集まって来た。

宗方は、泣き声を震わせて必死に助けを求めた。
多くの鼠が煩く鳴き、宗方の助けを求める声を覆った。
本堂に差し込む月明かりは、蒼白く冷たかった。

外濠溜池《ためいけ》には数羽の水鳥が遊び、水飛沫が煌めいていた。
溜池の馬場は穏やかな陽差しに溢れ、小鳥の囀《さえず》りが響いていた。
日暮左近は、溜池の馬場に入った。
大きな鳥が、馬場の休息所の屋根に留まっていた。
左近は、眩《まぶ》しげに見上げた。
大きな鳥は鉢金の付いた頭巾を被り、裾の長い袖無し羽織を纏った風魔小太郎だった。
風魔小太郎は微かな殺気も漂わせず、小鳥が囀り続ける程の穏やかさだった。
左近は、穏やかな風魔小太郎に言い知れぬ凄味を覚えた。
風魔小太郎は、袖無し羽織の両裾を翼の様に広げて休息所の屋根から飛び下りた。
「浜松藩大番組、片岡兵庫こと風魔小太郎か……」

左近は迎えた。

「日暮左近、谷中《やなか》の荒れ寺から宇都宮藩側用人の宗方采女正の死体が見付かった……」

風魔小太郎は告げた。

「そうか……」

「うむ。縛られて全身を斬られ、多くの鼠の餌にされてな……」

小太郎は、左近を鋭く見据えた。

「忍びの者を人と見ず、金で雇われる只の人殺しと侮り蔑み、使い棄てにした報いだ……」

左近は微笑んだ。

微笑みは冷たく、怒りに満ちていた。

「そうか、ならば仕方があるまい……」

小太郎は、面白そうに嗤った。

「ならば小太郎……」

左近は、小太郎を促した。

「うむ……」

左近と風魔小太郎は、互いに大きく跳び退いて間合いを取り、静かに対峙した。
殺気が噴き上がった。
木々の梢で長閑《のどか》に囀っていた小鳥は、羽音を鳴らして一斉に飛び立った。
小太郎は、左近に手裏剣を放った。
左近は、飛来する手裏剣を無明刀で抜打ちに打ち払った。
小太郎は、手裏剣を連射しながら左近との間合いを一気に詰めた。
左近は、連射される手裏剣を躱し、打ち払った。
次の瞬間、小太郎は両手に大苦無を構えて左近に飛び掛かった。
袖無し羽織が怪鳥の翼のように翻り、大苦無が輝いた。
左近は、咄嗟に無明刀を一閃した。
小太郎は、両手の大苦無を振るって左近の頭上を跳び越えた。
左近は、素早く振り返って無明刀を構えた。
頰が薄く斬られ、血が赤い糸のように流れた。
小太郎は、両手の大苦無を輝かせて左近に間断《かんだん》なく斬り付けた。
左近は、無明刀を閃かせて斬り結んだ。
刃の咬み合う音が響いた。

左近は、鋭く踏み込んで無明刀を一閃した。
小太郎は、大きく跳び退いた。
左近は、小太郎に迫ろうとした。
小太郎は、両手の大苦無を投げた。
大苦無は打ち払えない……。
二つの大苦無は、唸りをあげて迫った。
左近は、咄嗟に身体を背後に大きく反らした。
二つの大苦無は、大きく反らした左近の腹から胸元、顔の上を飛び抜けた。
小太郎は、忍び刀を抜いて地を蹴り、猛然と左近に向かって走った。
左近は、無明刀を頭上高く真っ直ぐ立てて構えた。
全身が隙だらけになった。
天衣無縫《てんいむほう》の構えだ。
小太郎は戸惑った。
戸惑いながらも、猛然と左近に迫った。
左近は、迫る小太郎を見据えた。
小太郎は大きく迫った。

無明斬刃……。

剣は瞬速……。

左近は、頭上高く構えた無明刀を真っ向から斬り下げた。

ずん……。

手応えがあった。

小太郎は、左近の正面で凍て付いた。

左近は、無明刀を斬り下げたままで残心の構えを取った。

無明刀の刀身を伝い流れた血が、鋒から滴り落ちた。

小太郎の頭巾が鉢金ごと斬り割られ、額から血が流れた。

「日暮左近……」

小太郎は、両膝から崩れ落ちた。

「風魔小太郎……」

左近は、無明刀を引いて鞘に納めた。

「左近、風魔小太郎は死なぬ……」

小太郎は、苦しげに告げた。

「死なぬ……」

左近は眉をひそめた。

「たとえ死んでも、次の風魔小太郎が直ぐに生まれる……」

小太郎は、頰を引き攣らせて笑みを浮かべ、静かに息絶えた。

「風魔小太郎は死なぬか……」

左近は、息絶えた風魔小太郎に手を合わせた。

風魔忍びの者たちが、左近と風魔小太郎を取り囲むように現れた。

左近は身構えた。

取り囲んだ風魔忍びの者たちに、殺気はなかった。

殺気はない……。

左近は見定め、馬場の出入口に向かった。

風魔忍びの者たちは、絶命した風魔小太郎の許に集まった。

陽炎たち秩父忍びは秩父に帰り、二荒の天狗を始めとした二荒忍びは滅び、風魔小太郎は死んだ。

徒花は無惨に散った。

左近は、虚しさを抱えて溜池の馬場を後にした。

飛び立った小鳥が木々の梢に戻り、長閑な囀りを再び響かせ始めた。

日本橋馬喰町の通りは、行き交う人で賑わっていた。

公事宿『巴屋』は暖簾を揺らしていた。

隣の煙草屋の縁台では、お春が隠居や妾稼業の女など近所の者と世間話に花を咲かせていた。

「やあ……」

左近は、お春たちに会釈をして公事宿『巴屋』の暖簾を潜った。


「どうぞ……」

おりんは、左近に茶を差し出した。

「忝《かたじけな》い……」

「それで左近さん、御用は終わったのですか……」

おりんは尋ねた。

「うむ……」

左近は、茶を飲みながら頷いた。

「ご無事で良かった……」

おりんは、左近に微笑み掛けて帳場に戻って行った。

左近は見送った。

「お待たせしましたね……」

彦兵衛が、下代の房吉と共に居間に入って来た。

「やあ。彦兵衛どの、房吉さん……」

「左近さんもご無事で何よりです」

房吉は笑った。

「で、何もかも終わりましたか……」

彦兵衛は尋ねた。

「ええ……」

「では、公事宿巴屋の出入物吟味人に戻っていただきますか……」

彦兵衛は笑った。

「心得た……」

左近は頷いた。

「じゃあ左近さん、久し振りに一杯やりながら出入物の仔細をお話ししますよ」

房吉は、楽しそうに告げた。

「そいつは良いな……」

左近は、公事宿『巴屋』の出入物吟味人に戻った。

光文社文庫

文庫書下ろし／長編時代小説

忍《しの》び狂《きょう》乱《らん》　日《ひ》暮《ぐらし》左《さ》近《こん》事《じ》件帖《けんちょう》

著者　藤《ふじ》井《い》邦《くに》夫《お》

2019年7月20日　初版1刷発行

発行者　鈴木広和
印刷　萩原印刷
製本　フォーネット社

発行所　株式会社　光文社
〒112-8011　東京都文京区音羽1-16-6
電話 (03)5395-8149　編集部
8116　書籍販売部
8125　業務部

ISBN978-4-334-77883-5　Printed in Japan

組版　萩原印刷

藤井邦夫

［好評既刊］

長編時代小説★文庫書下ろし

御刀番 左《ひだり》京之介

(一) 御刀番 左京之介 妖刀始末
(二) 来国俊《らいくにとし》
(三) 数珠丸恒次《じゅずまるつねつぐ》
(四) 虎徹《こてつ》入道
(五) 五郎正宗
(六) 備前長船《おさふね》
(七) 九字兼定《くじかねさだ》
(八) 関の孫六
(九) 井上真改《しんかい》
(十) 小夜左文字《さよさもじ》
(十一) 無銘刀

乾蔵人 隠密秘録

(一) 彼岸花の女
(二) 田沼の置文
(三) 隠れ切支丹
(四) 河内山《こうちやま》異聞
(五) 政宗の密書
(六) 家光の陰謀
(七) 百万石遺聞
(八) 忠臣蔵秘説

評定所書役・柊左門 裏仕置

(一) 坊主金
(二) 鬼夜叉
(三) 見殺し
(四) 見聞組
(五) 始末屋
(六) 綱渡り
(七) 死に様

光文社文庫